Doucement

LE BONHEUR

10/50 M. Anderse

De la même auteure

FICTION

Parallèles, roman, Sudbury, Prise de parole, 2004, finaliste prix du Gouverneur général et prix Trillium.

Bleu sur blanc, récit poétique, Sudbury, Prise de parole, 2000, finaliste prix du Consulat général de France à Toronto et prix Trillium.

Les crus de l'Esplanade, Sudbury, Prise de parole, 1998, finaliste prix Trillium 1999.

La bicyclette, nouvelles jeunesse, Sudbury, Prise de parole, 1997, (épuisé).

La soupe, roman, Sudbury, Prise de parole et Montréal, Triptyque, 1995. Grand prix du Salon du livre de Toronto, 1996.

Conversations dans l'Interzone, roman écrit avec Paul Savoie, Sudbury, Prise de parole, 1994.

La chambre noire du bonheur, roman jeunesse, Montréal, Hurtubise, 1993. Deuxième édition, Tournai (Belgique), Gamma-Fleurus, 1995.

L'homme-papier, roman, Montréal, Remue-ménage, 1992.

Courts métrages et instantanés, nouvelles, Sudbury, Prise de parole, 1991.

L'autrement pareille, prose poétique, Sudbury, Prise de parole, 1984, (édition épuisée). Traduit en anglais par l'auteure et Antonio d'Alfonso, publié sous le titre *Dreaming our space,* Toronto, Guernica, 2003.

De mémoire de femme, roman, Montréal, Quinze, 1982. Prix du *Journal de Montréal* (Jeunes écrivains), édition épuisée. Deuxième édition, avec une préface de Lucie Hotte, dans la collection « BCF » (Bibliothèque canadienne-française), Ottawa, L'Interligne, 2002.

NON-FICTION

Paroles rebelles, Marguerite Andersen et Christine Klein-Lataud, dir., Montréal, Remue- ménage, 1995.

Mother was not a person, écrits de femmes montréalaises, Marguerite (Margret) Andersen, éd., Montréal, Content Publishing et Black Rose, 1972 et 1975.

Mécanismes structuraux, méthode de phonétique corrective, en collaboration avec Huguette Uguay, Montréal, Centre de psychologie et de pédagogie, 1967.

Claudel et l'Allemagne, Ottawa, Presses de l'Université d'Ottawa, 1965.

TRADUCTION

Louie Palu et Charlie Angus, *Industrial cathedrals of the North / Les cathédrales industrielles du Nord* (Marguerite Andersen, trad.), Toronto, Between the Lines et Sudbury, Prise de parole, 1999.

THÉÂTRE

La fête, prix O'Neill-Karch, mises en lecture en 1998 au Théâtre La Catapulte (Ottawa) et au Théâtre du Nouvel-Ontario, Sudbury.

Christiane : Stations in a painter's life, Festival The Gathering, Factory Theatre, Toronto, 1995.

Marguerite Andersen est depuis 1998 éditrice de la revue littéraire *Virages, la nouvelle en revue* (4 numéros par an).

MARGUERITE ANDERSEN

Doucement
le bonheur

Roman

Prise de parole
Sudbury 2006

Catalogage avant publication de Bibliothèque et Archives Canada
Andersen, Marguerite, [date]
    Doucement le bonheur / Marguerite Andersen.

ISBN-13: 978-2-89423-206-4
ISBN-10: 2-89423-206-3

1. Auger, Louis Mathias, né 1902—Romans, nouvelles, etc.
2. Martel, Laurence, née 1912—Romans, nouvelles, etc. I. Titre.

PS8551.N297D68 2006   C843'.54   C2006-904588-7

Distribution au Québec : Diffusion Prologue • 1650, boul. Lionel-Bertrand • Bois-
briand (QC) J7H 1N7 • 450-434-0306

Ancrées dans le Nouvel-Ontario, les Éditions
Prise de parole appuient les auteurs et les
créateurs d'expression et de culture françaises
au Canada, en privilégiant des œuvres de
facture contemporaine.

La maison d'édition remercie le Conseil des Arts de l'Ontario, le
Conseil des Arts du Canada, le Patrimoine canadien (Programme
d'appui aux langues officielles et Programme d'aide au développe-
ment de l'industrie de l'édition) et la Ville du Grand Sudbury de
leur appui financier.

Œuvre en page de couverture : Marguerite Andersen
Conception de la page de couverture : Olivier Lasser

Éditions Prise de parole
C.P. 550, Sudbury (Ontario) Canada P3E 4R2
http://pdp.recf.ca

ISBN 978-2-89423-206-4

« *Autour d'un fait divers* », première partie du roman
Doucement le bonheur, est basé sur des événements réels
qui ont scandalisé Ottawa en 1929-1930.
La seconde partie, « *Et après* », est de la fiction.

REMERCIEMENTS

Premièrement, je dois remercier madame Constance Backhouse, professeure de droit à l'Université d'Ottawa, de m'avoir autorisée à me servir de son article « Attentat à la dignité du Parlement » dans mes travaux littéraires. L'article, paru dans la Revue de droit d'Ottawa, *vol. 33, n° 1, 2001-2002, p. 95-145*, m'a été une source intarissable d'inspiration et de détails précis dans la première partie de ce roman.

Je remercie ma fille, Tinnish Andersen, dont la passion pour le droit m'a conduite vers l'article de madame Backhouse; mon fils, Marcel Nouvet, et sa femme Susan, mes amis Katherine et David Waters, qui m'ont fait redécouvrir le paradis de Biddeford Pool, dans le Maine, durant l'été 2005; Dora Clarke, qui m'a renseignée sur le travail des femmes dans le Service féminin de l'Armée durant la Deuxième Guerre mondiale; David St. Onge, conservateur du Musée pénitentiaire du Canada à Kingston, qui m'a aidée dans ma recherche; ainsi que Monique Ostiguy et Sophie Tellier, des Archives nationales du Canada. Je remercie mon ami Jon Ancevich, qui m'a toujours de nouveau encouragée et s'est occupé de mon chien quand je manquais de temps, ainsi que mon amie Claudette Gravel, première lectrice de mon manuscrit.

Je remercie également le Conseil des arts de l'Ontario de son soutien financier pour l'écriture de cet ouvrage.

PRÉFACE
OU
PREMIÈRE LETTRE À NELLIE McCLUNG
PAR
AGNES MACPHAIL[1]
(1890-1954)

---

[1] Cette lettre n'est qu'une pure fiction. Mais Agnes Macphail fait partie de l'histoire canadienne : Elle est la première femme élue à siéger au Parlement canadien. Grâce à sa persévérance, le gouvernement canadien créa en 1935 la Commission royale sur la réforme des prisons, présidée par le juge Archambault. La Deuxième Guerre mondiale empêcha la mise en œuvre des recommandations de cette commission.

Le 1ᵉʳ mars 1929

Ma très chère Nellie,

Comme je voudrais que tu sois ici et que nous puissions parler en tête-à-tête de ce que j'ai à te raconter! Faute de mieux, voilà, je t'écris.

Il s'agit d'une histoire scandaleuse qui fait en ce moment jaser tout Ottawa: une atteinte à la dignité du Parlement! Figure-toi que le plus jeune de mes collègues, élu en 1926 à l'âge de vingt-quatre ans comme député libéral indépendant pour le comté de Prescott, a été arrêté le 25 février, accusé de viol par une toute jeune fille de son comté.

MM. mes collègues ne m'en parlent point, soucieux probablement de ne pas me choquer ou apeurés d'entendre mes commentaires. Alors, je me renseigne dans les journaux qui débordent de reportages sur celui qu'on appelle «le bébé du Parlement», «le Tribun en culottes courtes» et qui semble porté sur la bagatelle... Ah, les hommes!

Quelles sont les nouvelles de l'appel? J'ai peur qu'il n'y en ait pas, puisque tu ne m'en as rien dit.

Il va bien falloir que le Conseil privé de Sa Majesté déclare un de ces jours — ils ont l'appel depuis la mi-août — que nous sommes bel et bien des personnes légales, éligibles pour être nommées au Sénat, ce bastion masculin de notre gouvernement! Nellie, nous allons gagner! Que disait ton amie Emily Murphy? «Je n'ai pas le moindre doute du résultat final.» Un point, c'est tout.

La jeune fille, Laurence, celle qui a porté plainte contre Louis Mathias Auger — un parvenu francophone, dit un de mes collègues d'une voix pleine de mépris — a dû avoir du courage, un courage inimaginable! Aller au poste de police, raconter ce qui s'est passé, subir un examen médical, témoigner devant le juge de paix, répondre aux questions du procureur… Je ne sais pas si j'en aurais été capable. Aurait-elle porté plainte si elle avait su ce à quoi elle s'exposait? Sais-tu, ma chère, que les procès pour viol connaissent le taux de condamnations le plus bas de tous les procès criminels? Pensons aussi que cette jeune fille fait partie de la classe ouvrière, alors que celui qu'elle accuse a été professeur d'université (à ce jeune âge? comment est-ce possible? que font-ils donc à l'Université d'Ottawa?) avant de se faire élire contre Gustave Évanturel, avec 3 846 voix contre 3 114.

Il paraît qu'elle cherchait à entrer à la fonction publique, comme sténodactylo. J'aimerais bien avoir une secrétaire aussi énergique! Sais-tu qu'en 1885 il n'y avait que vingt-trois femmes fonctionnaires? Depuis le début de notre siècle, les choses ont bien changé: leur nombre s'est accru parce qu'on a découvert qu'elles étaient meilleures sténographes que les hommes. Vraiment! Mais quand même, en 1921 un règlement a condamné les femmes qui se mariaient à démissionner de leur poste... Je ne sais pas combien il y en a maintenant.

Mais retournons à cette histoire scandaleuse. D'après le *Ottawa Evening Journal,* le crime aurait eu lieu dans le bureau du jeune fou, au 4e étage de notre vétuste institution. Ce n'est pas très loin de mon bureau; si seulement Laurence avait crié bien fort, j'aurais couru l'aider. Et j'aurais dit à ce jeune homme ce que je pense de la violence en général et de la violence faite aux femmes en particulier. Là, je sais, tu souris en me lisant, tu as envie de te moquer de mon ton de maîtresse d'école.

Je suis bien contente de ne plus l'être, étant donné que la férule continue de régner dans nos écoles. Je ne voudrais pas non plus me retrouver dans une de nos prisons où le même instrument, taille adulte (long de seize pouces et large de deux pouces et demi, avec une poignée en cuir longue de 10 pouces) est utilisé pour punir toutes sortes d'infractions aux règlements, et cela sur une partie du corps que je m'abstiens de nommer[2].

En tout cas, je te tiendrai au courant de cette affaire qui se trouve maintenant devant la Cour provinciale, sous le juge W. H. Wright. J'ai l'intention d'en constituer un dossier, du début à la fin. Les femmes qui viendront après nous y trouveront peut-être du matériel pour appuyer leurs efforts politiques quels

---

[2] La punition corporelle dans les prisons canadiennes a été abolie en 1968, mais en 1969 un détenu au Manitoba a encore été attaché sur le *banc à courroie* et frappé avec le battoir.

qu'ils soient ou bien pour leurs fictions. J'aimerais rencontrer cette Laurence, mais d'un autre côté, ma position m'oblige à rester neutre. Tu sais comme cela est difficile pour moi.

À part un petit rhume, je vais bien. Malgré toutes les méchancetés qu'on me fait, les insultes qu'on me lance, je fais entendre ma voix le plus souvent possible, alors que le jeune Auger a été plutôt avare de ses mots. Et pas pour des raisons linguistiques, il parle très bien l'anglais. Depuis un an, il est étudiant en droit, à Osgoode Hall; sa vie doit être drôlement occupée. Membre du Parlement, étudiant en droit, il doit courir d'un endroit à l'autre. De plus, il faisait son stage à L'Orignal, dans le cabinet de l'avocat Edmond Proulx. Quelle énergie!

Tiens, je t'envoie une copie prise dans le *Hansard,* une remarque que monsieur Auger nous a faite dans son allocution inaugurale à la Chambre:

> Pour être puissant et prospère, un peuple doit être uni, et il n'y a pas d'unité possible s'il existe des raisons pour les uns de se plaindre des autres. Remédier aux griefs de classe, de région ou de race par la justice ou la conciliation, voilà le moyen propre à solidifier les éléments divers de notre jeune nation et à la rendre heureuse et prospère.

Pas trop mal comme discours de débutant, n'est-ce pas? Je pense qu'il fait allusion au grand problème de nos deux langues, même s'il n'a pas employé le mot. Sa courte biographie mentionne des médailles gagnées en rhétorique, au collège. Mais enfin, tu t'imagines ce que les députés anglophones ont pensé de son discours, alors que de 1912 à 1927 le Règlement 17 imposait l'anglais comme langue d'instruction en Ontario et que dans plusieurs autres provinces c'est à peu près pareil ? Évidemment, Auger vient de Hawkesbury, centre d'une région à prédominance francophone. Je pense qu'il faisait référence dans son discours — que certains ont qualifié d'impudent — à ce fameux Règlement 17 qui a été un sujet de confrontation ouverte pendant des années. Heureusement qu'il a été aboli en 1927, mais l'hostilité continue de couver dans les esprits des gens.

Quant au français, je remercie encore une de mes professeurs de m'avoir poussée à étudier cette langue que j'aime bien maintenant et qui me sera peut-être très utile. Qui sait, il se peut que j'aille un jour représenter le Canada à Genève, à la Ligue des Nations. J'ai posé ma candidature et on dirait que cela va se faire vers la fin de cette année[3] !

Là, il faut que je te quitte. Écris-moi, chère. Donne-moi des nouvelles de ta famille, oui, de l'appel bien sûr, mais aussi de ton écriture. Le roman en chantier avance ?

Ton amie fidèle,
Agnes

---

[3] Agnes Macphail devint en 1929 membre de la Délégation canadienne à la Ligue des Nations. Quand on lui demanda de faire partie du comité s'occupant du bien-être social, des femmes et des enfants, elle refusa et se fit nommer au comité sur le Désarmement.

Autour d'un fait divers

1

Le 15 février 1929

Une jeune femme monte la colline parlementaire enneigée. Elle aurait voulu se faire couper les cheveux avant de se présenter dans le bureau du député de son comté, qui allait peut-être l'aider à se trouver un emploi au fédéral. Mais Louise, la coiffeuse de sa tante et apparemment la meilleure du quartier où elles habitent, avait été trop occupée hier après-midi, elle devait faire une teinture et une indéfrisable et ces travaux-là, ça prend du temps. Laurence avait dû se contenter d'un rendez-vous pour demain, samedi, 13 h.

La jeune femme a mal aux pieds. Surtout le gauche l'incommode. Elle n'aurait pas dû mettre ces bottines noires, cadeau de sa tante, achetées il y a une semaine. C'est la première fois qu'elle les porte. Elles ont le devant pointu et ses orteils, habitués aux sandales et aux bottes de la vie campagnarde de son adolescence, ne se sont pas encore pliés aux exigences de cette mode. Tant pis. Là, il faut qu'elle se dépêche. On ne fait pas attendre un député.

Ce matin, à l'école, elle avait été nerveuse. En sténographie, elle s'était assez bien débrouillée, son anglais allait de mieux en mieux, même que madame Hathornthwaite — quel nom! — lui avait dit que la Henry's Shorthand School était fière d'elle. Elle avait fait des progrès! Quinze jours encore, puis ce sera la fin des cours et elle aura son certificat!

Il y a seulement deux mots qu'elle n'avait pas saisis ce matin, *nevertheless* et *herringbone;* toutefois, après les avoir cherchés dans le *Chambers Dictionary,* elle avait pu les transcrire. Mais qu'est-ce qu'elle avait fait comme fautes de frappe! Six! Une après l'autre! Enfin, le député n'allait pas lui dicter une lettre cet après-midi, même si elle allait chez lui pour se faire donner une recommandation... Oh! devenir commis dans l'administration fédérale! Il l'aiderait certainement, Louis Mathias Auger. *Member of Parliament* à vingt-quatre ans, il devait bien comprendre qu'elle aussi avait des ambitions.

Laurence tire la lourde porte, entre dans le vestibule intimidant du Parlement. Elle se sent bien petite dans le bâtiment immense comme une cathédrale.

— Mademoiselle? Où allez-vous comme ça?

L'huissier, Jacques Gravel, comme l'indique une plaque sur son bureau, la regarde d'un œil à la fois sévère et amusé.

— Bonjour, monsieur. Je suis Laurence Martel. Monsieur Auger, le député de mon comté, le comté de Prescott, m'attend à trois heures.

— Ah bon... Monsieur Louis Mathias Auger... Ben, vous êtes à l'heure. C'est au quatrième étage, mademoiselle, à gauche, le bureau 417...

Déjà elle court vers l'escalier, commence à grimper les marches massives. Il lui aurait bien indiqué l'ascenseur… Mais enfin, pour une toute jeune comme celle-ci, les marches, c'est rien. Puis, ce monsieur, les filles semblent lui courir après. Pourtant, celle-ci a l'air sérieuse avec son gros chignon!

Il ouvre le cahier des rapports pour inscrire la visiteuse, voit que ce matin, 15 février, deux gardiens ayant entendu des bruits suspects ont ouvert la porte du bureau 417 à six heures cinquante et se sont trouvés face à Auger en compagnie d'une femme dévêtue. Leurs observations ont été envoyées à l'instance supérieure. Comment se fait-il que ce monsieur invite une femme après l'autre à lui rendre visite? Bon, il n'est pas mal, avec ses cheveux bruns légèrement bouclés — l'huissier se frotte la tête, ses mains lui confirment ce qu'il sait déjà: qu'il est chauve, vraiment chauve, que sa calvitie n'est plus partielle mais tout à fait totale — et ce sourire qui proclame qu'Auger est sûr de lui-même. Ça doit impressionner les femmes.

Gravel a vu bien des choses durant ses vingt-trois ans de service au Parlement. Certes Auger n'était pas le premier à recevoir des femmes dans son bureau, mais enfin! Une femme nue le matin et une autre, toute jeune, presque une enfant, l'après-midi! Gravel aurait bien voulu pouvoir dire à ce *greenhorn,* à ce type, ce Louis qui n'est pas de la croix de Saint-Louis, ce qu'il pouvait faire dans son bureau, ou plutôt ce qu'il ne pouvait pas y faire. Mais un petit employé comme lui, ça n'a aucune autorité… Et cette fille, cette — l'homme doit mettre ses lunettes pour lire le nom dans le registre — Laurence Martel, on lui aurait donné le bon Dieu sans confession et voilà qu'elle court peut-être à son malheur.

2

Laurence Martel entre dans le bureau de Louis Mathias Auger, regarde le député. Il est beau en diable, se dit-elle. Elle l'avait déjà vu à Hawkesbury, au marché ; son père lui avait dit :

— Là-bas, petite, le jeune homme, oui, le grand brun, il pourrait t'aider à trouver du travail à Ottawa. C'est le fils de l'épicier. Puis il est notre député. Il doit bien ça à la fille d'un homme qui a voté pour lui.

Il a l'air gentil aussi. C'est sûr qu'il va l'aider. Et que ça lui va bien, ce beau bureau ! Qu'elle aimerait donc travailler dans un tel environnement, même si on ne lui donnait qu'un quart de l'espace de celui-ci. Des meubles tout en chêne ! Et que de livres, des dossiers, des journaux… Il doit être pas mal savant…

— Mademoiselle ! Qu'est-ce que je peux faire pour vous ? Votre tante, madame Saint-Pierre, m'a dit que vous aimeriez un poste dans nos services. Que vous êtes forte en sténographie et en dactylographie.

Auger sourit. Elle est mignonne cette petite, il faudrait qu'elle enlève son gros manteau, qu'il puisse voir un peu mieux…

— C'est bien cela, Monsieur. J'ai apporté le formulaire de demande. Il est en anglais, alors, j'ai voulu être sûre de bien répondre.

Elle semble tout essoufflée. Les escaliers ? L'émotion de se trouver devant lui ?

— Faites voir…. Bon, voilà, vous êtes Laurence Martel, fille d'Espérance Claire et de Jean-Baptiste Martel… Je le connais bien, votre père, un homme actif… Vous parlez et écrivez l'anglais… C'est très bien.

Laurence pense à son père, manœuvre de son état, qui se lève tôt le matin pour aller travailler la terre jusqu'au soir. La plupart du temps, il est très fatigué. Il ne sait pas parler comme ce monsieur Auger. Il n'est pas bête, non, même s'il n'a jamais vraiment appris à lire et à écrire. En tous cas, il comprend le monde et sa fille.

— Ici, mademoiselle — je vais vous appeler Laurence, après tout, nous venons de la même ville — vous n'avez pas rempli l'espace, celui de la date de naissance.

— C'est que… ma tante croit qu'il faut avoir dix-huit ans… Je les aurai d'ici huit mois, mais…

— En effet, c'est bien spécifié ici: «La postulante doit avoir dix-huit ans.» Vous êtes née…

— En octobre 1911. Mais je pourrais mettre 1910, monsieur.

— Appelez-moi Louis.

— Je…

— Ainsi vous voulez commencer votre carrière par un mensonge? Ce n'est pas une bonne idée, Laurence.

— Vous avez raison, monsieur. Je ne le ferai pas. Je mettrai la vraie date. Mais ici, regardez, on demande trois références. Je ne sais pas qui y mettre.

— Eh bien, mettez le curé de Hawkesbury, le maire et puis moi. Quant à la question d'âge, il y a peut-être moyen de trouver un poste temporaire où ça n'a pas autant d'importance. Mais, permettez…

Auger prend le manteau de la jeune fille, qui n'a pas l'habitude qu'on la traite comme une vraie dame, puis lui enlève son chapeau. Au cinéma, elle avait observé que les maris prenaient le manteau de leur femme parce qu'il faisait chaud dans la salle, et leur chapeau aussi qui aurait, sinon, empêché les gens derrière eux de voir l'écran, enfin, une bonne partie de l'écran. Mais ici, dans ce bureau, pourquoi…

— Vous avez de beaux cheveux, Laurence! C'est dommage de les cacher.

C'est là qu'elle aurait dû prendre la fuite au lieu de sourire. C'est là qu'elle aurait dû dire à ce jeune homme qu'il se trompait, qu'elle n'était pas venue le voir parce qu'elle voulait flirter avec lui. Mais elle hésite. Après tout, il ne s'est rien passé de mal…

— Assoyez-vous donc, ma chère. Là, sur le sofa, c'est pour les dames.

Elle hésite encore. Elle prend son formulaire, le remet dans son sac. Quand elle va raconter cette visite à ses amies à l'école! Peut-elle refuser l'invitation du jeune homme qui l'a autorisée à se servir de son nom comme référence? C'est quand même une chose importante… Puis, il est gentil, il est beau… Bref, elle s'assoit sur le bout des fesses.

Louis prend place à côté d'elle. Elle s'écarte discrètement. Il rit.

— Je vous fais peur?

— Non. C'est que je n'ai pas l'habitude…

— De quoi? Voyons, une belle fille comme vous…
Il doit bien y avoir des garçons qui…

Déjà il lui met le bras autour des épaules, elle se tortille pour sortir de dessous ce bras, il la retient, elle le repousse, lui dit de la lâcher, il essaie de l'embrasser, elle détourne son visage, il ne lâche pas prise, l'attire vers lui, la renverse sur le sofa, se couche sur elle. Il rit.

— Une vraie p'tite fille à maman, voilà ce que vous êtes!

— Laissez-moi, monsieur Auger. Ce n'est pas drôle. Laissez-moi partir.

La main de l'homme va sous la jupe de la femme, monte vers la culotte bouffante, tire pour la lui enlever. Nom de Dieu, ces vêtements de femme! À quoi ça peut bien servir, ces élastiques autour des cuisses, ça doit faire mal. Il soulève l'élastique d'un doigt, le fait rebondir, rit. Laurence se débat, il s'acharne, elle tente de lui donner un coup de pied. L'homme rit encore. Il déboutonne son pantalon. Laurence pleure:

— Monsieur Auger, ne faites pas ça, lâchez-moi, je vous en prie, vous ne devriez pas…

— C'est que vous me rendez fou…

Quelqu'un frappe à la porte.

— Un moment, crie Auger. Il boutonne vite sa braguette, ouvre la porte. C'est un huissier qui apporte le courrier. Laurence se détourne, embarrassée; elle a juste eu le temps de ramasser sa culotte pour la soustraire aux yeux de l'officier.

Vite, elle se lève, met le vêtement dans son sac, prend son manteau, quitte la pièce, court vers l'escalier, le chapeau à la main. En bas, monsieur Gravel lui sourit:

— Terminée déjà, la visite?

Laurence ne répond pas. Elle descend la colline, se hâte vers le 19, rue Ladouceur, où elle va retrouver sa tante. Mais la petite maison est silencieuse, personne n'est là, tante Bertha et son mari sont allés au cinéma dit un petit mot sur la table dans l'entrée. *Il y a une bonne soupe sur le poêle, réchauffe-toi un bol. Et ne nous attends pas, nous rentrerons tard.*

Laurence est bien trop agitée pour manger, trop fatiguée aussi, trop malheureuse, elle a besoin de pleurer, besoin qu'on la réconforte. Elle ne sait pas que faire. Elle compose le numéro d'une amie, pas de réponse, on dirait que tout le monde l'abandonne, que personne ne veut l'écouter. Elle monte à sa chambre, se déshabille, met sa chemise de nuit, range ses vêtements comme sa mère le lui a appris. Elle se couche. Elle revoit toute la scène, le beau bureau, le député, se demande si elle a bien agi, ce qu'elle aurait pu faire différemment. Elle a du mal à s'endormir, mais, ses dix-sept ans aidant, ferme tout de même les yeux, n'entend pas son oncle et sa tante rentrer du cinéma.

3

— Laurence! C'est pour toi, c'est monsieur Auger. Dépêche-toi, descends!

Laurence se précipite. Il doit vouloir s'excuser de sa conduite, se dit-elle en prenant le combiné dans la cuisine. Mais il n'en est rien. Pour le moment du moins. Après les habituels «bonjour» et «comment allez-vous», il lui demande de revenir le voir, vers quatorze heures. Elle refuse, disant qu'elle a autre chose à faire. Ce n'est pas un mensonge, elle a rendez-vous avec Louise.

— Vous ne le regretterez pas, dit-il encore.

Que répondre? Pour qui se prend-il donc, ce monsieur? Elle raccroche d'un mouvement brusque. Et tout de suite, elle regrette ce manque de finesse. S'il avait voulu se faire pardonner son comportement d'hier? S'il voulait l'assister sérieusement dans sa recherche d'un emploi?

Il rappelle vers treize heures trente. Laurence n'y est pas, c'est madame Saint-Pierre qui répond et qui fait le message à sa nièce quand celle-ci rentre:

— Il t'attend vers seize heures. Il a peut-être des nouvelles au sujet d'un emploi?

Laurence reprend le chemin de la colline. Il m'a effrayée, c'est vrai, se dit-elle, mais je m'en suis tirée quand même. Il doit vouloir s'excuser en personne plutôt qu'au téléphone, c'est pour cela qu'il veut me revoir. Il a dû réfléchir, penser à mon père qui a voté pour lui. C'est ça. Il veut me présenter ses excuses. Je suis bien contente d'avoir été chez la coiffeuse, j'ai la tête légère sans cette masse de cheveux. De beaux cheveux? Ben, il y en avait trop. À partir de mainte-nant, le matin, cela demandera juste un petit coup de brosse et déjà je serai prête à aller au travail.

Je vais lui en remontrer à ce Louis, le surprendre. À me voir si moderne, si énergique, il saura que je mérite ses excuses, un bouquet de fleurs peut-être, des chocolats, une sincère parole de repentir.

L'huissier lui sourit de derrière la réception, c'est le même qu'hier, il la laisse passer sans lui poser de question. Elle frappe à la porte du 417, Auger la fait entrer. Mais pas pour se faire pardonner quoi que ce soit. Lorsqu'elle lui demande ce qu'il y avait de si important pour qu'il lui demande de revenir, il rit de ce rire qu'elle commence à détester, puis il se tourne vers la porte, la ferme à clé, met la clé dans sa poche et lui prend manteau et chapeau…

Le téléphone sonne. Auger répond. C'est un ami d'après ce que Laurence entend. Non, Auger ne pourra pas le rencontrer, il prend ce soir le train pour Hawkesbury. Ses parents l'attendent… Oui, Jeanne aussi… Non, ses parents ne la connaissent pas encore… Oh, ça va bien se passer.

Laurence s'empare de son manteau et de son chapeau, essaie d'ouvrir la porte, vainement, puisqu'elle est fermée à clé et que la clé est dans la poche du député. Celui-ci termine sa conversation. Il lui prend le manteau encore, le chapeau, l'entraîne vers le sofa, la renverse. Elle se défend. Il rit, revient à la charge. Coups de pied sans résultat, larmes, supplications. L'homme sait ce qu'il veut. Lui enlève sa culotte bouffante qu'il lance d'un geste victorieux à travers son bureau. La pièce semble laide, tout à coup.

Goulûment, Auger embrasse Laurence qui se défend tant bien que mal des mains et des pieds, Laurence qui devrait hurler mais qui a peur de le faire, peur de se faire juger. Couché sur la jeune fille, lui emprisonnant les mains de sa main gauche, l'homme déboutonne de l'autre sa braguette. Laurence se raidit, s'arc-boute, essaie de le secouer, de lui faire mal, de le faire tomber. Elle pleure, gémit, l'implore de la lâcher. Il s'installe entre ses jambes, ricane :

— C'est bien pour ça que t'es revenue, hein ?

Elle pousse des cris, finalement, mais l'homme l'embrasse sur la bouche, elle essaie de se libérer, mais il est lourd, trop lourd, trop puissant. De sa voix intérieure, elle appelle au secours, appelle sa mère… son père… sa tante, le bon Dieu! Oui! Elle commence une prière, Louis Auger la traite de stupide couventine, la fait taire en lui mettant une main sur la bouche pendant que de l'autre il introduit son pénis dans le vagin étroit de la jeune fille désespérée.

Puis le jeune homme se donne à son désir, son plaisir, sa force, à la force de son corps, du rythme dominateur qui le possède et que seule l'éjaculation arrêtera. Ensuite, il reste couché sur elle un petit moment, puis se retire, la lâche, se lève, commence à mettre de l'ordre dans ses vêtements.

— Pleure pas, lui jette-t-il, c'est pas si grave que ça. Va te laver. Il y a des toilettes au cinquième. Vas-y!

Sur le marbre sans éclat des marches de l'escalier, des gouttes de sang marquent le drame.

4

Il fait presque nuit. Louis Auger et Laurence Martel descendent la colline parlementaire. Elle a froid, elle a envie de pleurer, elle a peur de glisser. Pour rien au monde ne prendrait-elle son bras.

Louis Auger a-t-il honte? Il n'est quand même pas homme à se vanter de ses méfaits. Mais honte? Voyons! Il ne l'a pas obligée à revenir à son bureau après ce qui s'était passé la veille, où elle avait fait des histoires quand il avait voulu l'embrasser sur la bouche. Non, si elle était revenue, c'est parce qu'elle le voulait bien.

Quand même, Louis n'est pas un salaud. Il regarde cette fille qui a du mal à avancer sur ses bottines délicates. Ne devrait-il pas lui offrir le bras? Mais elle ne le regarde pas, on dirait qu'elle ne le voit pas. Bon, ce sera comme elle voudra. Puis, si jamais elle tombe, il l'aidera à se relever.

Laurence sait qu'on lui a fait tort. Mais que dire, quand on a dix-sept ans et qu'un homme s'est permis des choses même si on a essayé de l'en empêcher? Elle a envie de rentrer chez elle, de prendre un bain, de se laver de ces impuretés qu'elle ne saurait nommer. Non, ce n'est pas ça, l'amour. L'amour, d'après ce qu'elle a lu dans les magazines, d'après ce que sa mère lui a dit, d'après les chansons et les poèmes, d'après le curé aussi, c'est quelque chose de doux et de tendre qui remplit de joie. Monte au cinquième étage, lui avait-il dit, il y a des toilettes par là. Et qu'avait-elle vu dans le bol de la toilette? Du sang et une traînée blanche, visqueuse. Non, elle ne voulait pas croire que c'était ça, l'amour.

Louis se sent mal à l'aise en marchant avec cette fille qui ne le regarde pas, ne lui parle pas. Nom d'une pipe, le désir s'était emparé de lui, il n'avait pas pu y résister. Elle ne peut pas être si bête que cela? Quelqu'un a bien dû lui dire, à cette sotte, qu'il faut éviter d'être seule avec un homme si on ne veut pas lui céder? Vraiment, elle se destinait à un poste de commis dans l'administration fédérale? Ho! elle allait en rencontrer des hommes! Qui était-elle pour faire la fine bouche, la sainte nitouche? Ça lui passera, la pruderie, et vite!

Laurence se sent coupable. Se demande pourquoi tout ça lui est arrivé, à elle. Elle n'aurait pas dû retourner au bureau de Louis, elle aurait dû crier comme une folle, se battre davantage, saisir un objet, un coupe-papier par exemple, le menacer, lui faire mal. Elle a été sotte, stupide, imprudente, tout cela est de sa faute, elle aurait dû savoir. Après tout, cet homme n'est pas un criminel, on l'a élu au Parlement, des milliers ont voté pour lui, lui font confiance. Il a l'air si honnête, si honorable, les gens ne disent que du bien de lui. Non, si seulement elle n'avait pas été si bête…

Louis se demande comment il va se débarrasser de Laurence. Elle marche à côté de lui comme s'il lui devait quelque chose. Surtout qu'elle ne commence pas à pleurer… Enfin, voici la gare. Quand son train partira dans un quart d'heure, ce sera fini. Elle se calmera. Et lui, il n'y pensera plus. Vite, aux oubliettes, cette affaire.

Laurence non plus n'arrête pas de se poser des questions. Pourquoi est-ce arrivé? Comment? Et ne va-t-il pas au moins s'excuser? Il doit bien savoir qu'il a commis une faute, qu'elle souffre? Ne va-t-il pas lui demander pardon? Lui dire qu'il regrette de lui avoir fait violence, lui dire qu'il veut la revoir, avoir une relation comme il faut avec elle?

— J'ai un train dans quelques minutes, je dois…

La voix de Laurence prend un ton amer:

— Dépêchez-vous alors. Moi, mon tramway, c'est par là…

Y a-t-il encore moyen de réparer ce qui peut-être a été un malentendu? Mais déjà chacun s'en va de son côté. Ce n'est pas en tête à tête qu'ils se reverront.

Si le jeune homme avait pu lui dire, tête baissée de honte, qu'il ne comprenait pas comment il avait pu la forcer, l'insulter à ce point, lui aurait-elle pardonné? S'il avait tenu la jeune fille en pleurs une ou deux minutes dans ses bras, s'il lui avait peut-être caressé la joue, doucement, leur vie future en aurait-elle été changée? Quelquefois, il en faut si peu.

5

Laurence enlève ses chaussures, accroche son manteau au portemanteau du vestibule. Sa tante l'appelle de la cuisine, vient vers elle lorsqu'elle ne répond pas.

— Mon doux! t'as l'air toute transpercée. Il fait si froid que ça? Viens dans la cuisine, raconte-moi ton après-midi. Je suis en train de me faire une tisane. Il y en a assez pour deux.

Laurence a les larmes aux yeux. Elle aimerait avertir sa tante de ce qui est arrivé, mais peut-être qu'elle lui en voudrait, la condamnerait, lui dirait que c'est de sa faute, qu'elle est trop coquette, trop soucieuse de son apparence, qu'elle n'a que ce qu'elle a provoqué. Et c'est vrai: Elle a été bête, incroyablement stupide de penser qu'elle pouvait remettre cet homme sur le droit chemin, qu'il allait réparer ses torts. Imbécile qu'elle était! Sa tante ne pourra que le lui confirmer. La jeune fille décide de se réfugier dans la chambre. Ce qu'elle fait en murmurant: «Je ne veux plus avoir affaire à Auger…»

Bertha la suit, un bol de tilleul à la main, lui demande, tout à coup inquiète:

— Est-ce qu'il a essayé de s'approcher de toi? De t'embrasser?

— Pire, ma tante.

Et Laurence éclate en sanglots.

Bertha Saint-Pierre pose le bol, prend la jeune fille dans ses bras, la berce, lui chuchote des mots consolateurs:

— Là, tout doux, pleure, ma chérie, pleure tant que tu voudras. Laisse-toi aller, petite, détends-toi. Je suis avec toi, il ne te fera plus mal… Tiens, mouche-toi… Prends une gorgée… C'est au tilleul, j'ai mis une cuillerée de miel… Non? Tu veux encore pleurer? Je comprends, tu es en colère et tu as bien raison, oui, pleure encore…

Tard dans la soirée, madame Saint-Pierre affirme:

— Laurence, tu dois porter plainte.

Elles écrivent aux parents de Laurence pour qu'ils viennent, qu'ils les conseillent. Le père arrive le 23 février, entend avec horreur ce qui s'est passé.

— Lundi, tu iras au bureau de police, dit-il. C'est pas pour ça qu'on a élu ce monsieur.

Accompagnée de son père et de sa tante, Laurence dépose sa plainte le lundi 25 février. Questions. Réponses. Le père va s'asseoir dans le couloir, il ne supporte plus d'entendre sa fille parler de culotte bouffante, de braguette, de pénétration. Peu après, madame Saint-Pierre le rejoint.

Laurence est en train de signer sa déposition quand l'officier lui dit qu'elle doit aller voir un médecin, puis prend rendez-vous pour elle avec le médecin de la prison d'Ottawa, J. Fenton Argue.

«Dans son cabinet, le 26 février, demain, à onze heures?» Laurence accepte, en informe les autres. Son père, sa tante doivent bien savoir ce qu'une telle visite signifie, à quoi Laurence s'expose, mais, gênés de parler de ces choses-là, ils ne lui en disent pas un mot. Une poursuite pénale pour viol et séduction est engagée le soir même, Auger arrêté. Monsieur Martel rentre à Hawkesbury. Le lendemain, la police recevra le rapport du médecin qui confirmera l'état des choses. Et l'enquête suivra son cours.

6

Laurence a dix-sept ans. La veille, son père et sa tante l'ont soutenue alors qu'elle déposait sa plainte au bureau de police. Aujourd'hui, sa tante lui tient la main quand elle entre dans le cabinet du médecin. Une infirmière lui demande son nom, son adresse, sa date de naissance, inscrit le tout à la main sur une fiche de taille moyenne.

— La raison de votre visite, mademoiselle?

— Le docteur est au courant.

— Ah bon.

— La date de vos dernières règles?

Laurence rougit. On dirait que l'infirmière veut être au courant, elle aussi, veut connaître tous les secrets de Laurence.

— Assoyez-vous. On viendra vous chercher.

Bertha Saint-Pierre prend une revue illustrée, la donne à Laurence, en prend une autre pour elle-même. Celle de Laurence contient un rapport sur la famille royale, celle de Bertha parle des animaux de compagnie. Les deux femmes tournent les pages, vaguement, un peu au hasard. Laurence soupire, sa tante s'inquiète à la pensée d'autres larmes. Le temps passe lentement. Enfin, le médecin ouvre la porte de son bureau:

— Mademoiselle Martel?

Laurence se lève. Sa tante chuchote qu'elle l'attendra.

Un homme en blouse blanche. Une salle essentiellement blanche. Un bureau qui rappelle celui de Louis Auger. Une table d'examen couverte d'un drap blanc.

— Vous avez été agressée sexuellement, mademoiselle?

— C'est ça, docteur.

— Expliquez-moi comment cela s'est passé.

Laurence commence à connaître son récit par cœur. Sa tante, son père, deux agents de police, un médecin. Tous lui posent les mêmes questions. À tous, elle donne la même réponse. Le lieu? Bureau 417, au Parlement. Sur le sofa. Violence: Oui. Consentement? Non. Cris? Oui. Larmes? Oui. Les vêtements? Manteau, chapeau, culotte bouffante… Pénétration? Oui. Relations sexuelles antérieures? Non.

— Il va falloir que je vous examine, mademoiselle. Mon infirmière va vous installer.

Déjà l'assistante arrive, le visage toujours aussi sévère.

— Enlevez vos souliers, vos bas, votre culotte. Mettez-vous là, oui, sur cette table. Remontez votre jupe. Mettez vos pieds ici. Glissez-vous un peu vers le bas.

Laurence obéit. Que pourrait-elle faire d'autre? D'un drap, l'infirmière lui couvre le ventre, le haut des cuisses.

— Le docteur sera avec vous dans une minute.

Le voilà.

— Détendez-vous, mademoiselle, conseille-t-il, écartez bien les jambes. Avancez le bassin encore un peu vers moi. Non, laissez les pieds dans les étriers. Voilà, c'est bien. Maintenant, détendez-vous... Pensez à autre chose...

Penser à autre chose... À quoi pourrait-elle penser alors qu'elle se trouve dans cette position choquante? À l'école? À une amie? À un film? Il est bien gentil, ce médecin, mais Laurence ne réussit pas à *penser à autre chose,* elle se crispe, croyant qu'elle pourra ainsi cesser de trembler. Ses jambes, ses pieds pris dans les étriers se raidissent, poussent contre les instruments de contention. Elle se crispe encore davantage au contact du froid spéculum métallique que l'homme a du mal à introduire dans l'ouverture de son vagin. Les larmes coulent. Un peu de sang aussi. Laurence est un animal blessé deux fois.

7

Il se fait tard. Deux agents de police attendent depuis des heures que Louis Mathias Auger quitte son bureau, qu'il sorte de l'enceinte du Parlement. Ils n'ont pas le droit de l'arrêter tant qu'il n'est pas dans la rue.

— Écoute, dit le plus jeune, c'est toi qui vas lui demander de nous suivre.

— Parce que je suis le plus vieux et que les ordres déplaisants sont de mon ressort?

— Exact.

— C'est toi qui vas lui mettre les menottes s'il refuse. T'es le plus agile.

— O.K.

— Regarde. Je crois que c'est lui.

— Oui, aucun doute, allons-y.

Ils attendent. Auger s'en vient. Il a rendez-vous avec un ami.

— Monsieur, nous vous demandons de bien vouloir nous suivre…

— Il doit y avoir erreur!

— Vous êtes bien Louis Mathias Auger, monsieur?

— C'est exact. Mais…

— Nous avons un mandat d'arrêt à votre nom, monsieur. Voyez… Vous allez nous accompagner au poste de police, s'il vous plaît.

Quoi? Mais qu'est-ce que c'est? Non! Cette fille aurait porté plainte? Ce n'est pas possible. Lui, député, étudiant en droit à Osgoode Hall, traîné au poste de police à cause d'une stupide gamine? Mais ne nous énervons pas. Il téléphonera à son avocat, puis tout s'arrangera…

Arrivé au poste, un garde le prend en charge, lui demande sa profession.

— Député! *Member of Parliament!* claironne Auger.

— Député! On n'en a pas beaucoup ici…

Le gardien en bégaie presque.

— Veuillez déposer vos effets personnels dans cette boîte, monsieur.

— Mes…

— Porte-document, portefeuille, porte-monnaie, stylo, lettres, votre pipe, le tabac…

— Mais, je fume…

— On vous donnera ce qu'il faut.

— Je ne fume pas n'importe quoi.

L'officier se sent insulté. Est-ce que ce monsieur veut suggérer que lui, officier de police, fume un produit inférieur?

— Je vais vous conduire à votre cellule, monsieur.

Lui a-t-on demandé ses bretelles et ses lacets, au député? A-t-il pu téléphoner à sa famille? À un avocat? Vers trois heures du matin, on lui remet ses affaires personnelles, le laisse partir contre un cautionnement de mille dollars. Auger rentre donc chez lui, mais à peine s'est-il couché que ça sonne. Une deuxième fois deux agents embarrassés lui demandent de les suivre, doivent lui expliquer l'erreur: ni les juges de paix ni même les juges de la Cour de comté n'ont le droit d'accorder la liberté sous caution à quelqu'un accusé d'un crime aussi grave que le viol, crime passible de la peine de mort ou de l'emprisonnement à perpétuité.

Va-t-on l'écrouer à la prison de comté, rue Nicolas, lieu de détention de prisonniers moins spectaculaires? Non, on veut bien lui épargner cela, le garder au poste de police en attendant de savoir s'il sera libéré sous caution par la Cour supérieure de l'Ontario, à Toronto. Auger prendra son premier petit-déjeuner en tant que prisonnier sur un des bancs en bois de la prison: un des agents lui commande au restaurant à côté un petit déjeuner copieux, avec des œufs au lard et du café. Un autre lui offre une cigarette.

Les journaux, bien sûr, jubilent. Finalement, ils ont de quoi nourrir l'imagination des bourgeois. Scandale au Parlement! *Le Droit, La Presse, Le Devoir, Le Petit Journal* de Montréal, *La Patrie, Le Nationaliste* et, du côté anglophone, le *Ottawa Citizen,* le *Ottawa Evening Journal,* le *Montreal Herald,* le *Montreal Standard,* le *Chronicle Telegraph* de Québec, le *Evening Telegram* de Toronto, tous sont de la partie. Le *Ottawa Evening Journal* rapporte que la serrure du bureau de monsieur Auger a été changée, que celui-ci n'y a donc plus accès. Le 21 mars 1929, le *Ottawa Journal* précise que cela s'est fait parce que les agents de sécurité avaient surpris Auger dans son bureau, tôt le matin du 16 février, en compagnie d'une femme dévêtue. Plus tard, au cours des procès, on apprendra que le président de la Chambre avait pris la décision de priver le jeune député de l'usage de son bureau à la suite de plusieurs rapports l'accusant d'y avoir reçu des femmes, durant la nuit.

Les reporters racontent les déboires que connaît Auger au cours de son incarcération: remise des effets personnels — argent, tabac, pipe, montre; installation dans une cellule rudimentaire, aux meubles inconfortables… Ils complimentent l'accusé d'avoir comparu devant la Cour bien vêtu et rasé de près le matin du 26 février, et d'avoir formellement annoncé qu'il ne siégerait pas à la Chambre des communes tant que *l'affaire* était en instance.

Question d'argent: à l'époque, l'indemnité quotidienne d'un député était de vingt-cinq dollars.

Celle d'Auger a été maintenue pendant quinze jours, comme s'il s'agissait d'une absence pour raisons médicales. Après tout, la loi précise qu'un accusé est innocent jusqu'à preuve du contraire.

8

Un huissier fait entrer Laurence Martel dans la petite salle du Tribunal de police d'Ottawa. Elle donne son nom, son adresse, jure de dire la vérité, toute la vérité, rien que la vérité. Elle essaie de ne regarder que droit devant elle. «Ne baisse pas les yeux, lui a dit sa tante, ils croiront que tu leur racontes des mensonges. »

Elle se sent petite dans cette salle presque vide, devant ce magistrat dans sa robe noire au collet blanc amidonné, assis derrière une sorte de pupitre surélevé. Elle se sent petite et empotée, tant lui pèse cette histoire que, depuis le 16 février, elle a été obligée de raconter tant de fois déjà. À sa tante, puis à son père, aux policiers le jour de la plainte, au médecin légiste quelques jours plus tard… Tous ces hommes qui veulent savoir tous ces détails sordides, qui l'interrogent sans se rendre compte qu'elle n'en peut plus de leurs questions pénétrantes comme le sexe d'un homme. «Reste calme, a ajouté tante Bertha, ne lève pas la voix. »

Voilà que le juge de paix Charles Hopewell se racle la gorge, boit une gorgée d'eau.

— Continuons, mademoiselle. Vous m'avez dit hier que monsieur Auger vous a renversée sur le sofa, qu'il s'est étendu sur vous, qu'il vous emprisonnait les mains. C'est bien cela?

Bien cela, bien cela, bien cela... Je vois le visage rouge tout près du mien, cette bouche qui essaie de s'imposer, ces dents blanches comme celles d'un chien enragé. Voilà que l'homme lâche ma main droite, la sienne s'affaire pour...

— Veuillez répondre, mademoiselle.

— C'est bien cela, monsieur le juge.

— Dans quel état étaient vos sous-vêtements?

— Il m'avait enlevé ma culotte bouffante.

Elle en a le souffle coupé, comme chaque fois qu'on lui pose cette question.

— Essayez de parler plus fort, mademoiselle.

Elle répète ce qu'elle vient de dire, à voix haute, le crie presque. Que veut-il savoir de plus, l'homme vêtu de noir?

— Ah! voila! Vous êtes capable de lever la voix. Alors, pourquoi ne pas avoir hurlé, appelé au secours?

Mais vous ne comprenez pas? J'avais honte, monsieur le juge. Qui serait venu, qui m'aurait aperçue dans cet état? Tous ces gens, qu'auraient-ils pensé de moi? Devant vous, monsieur le juge, j'ai honte aussi. Vous, que pensez-vous de moi?

— Répondez, mademoiselle.

— J'avais si peur.

— Quand on a peur, on se défend. Pourquoi ne l'avez-vous pas griffé au visage?

— J'avais peur de lui.

— Bon... Enfin... Et puis, étendu sur vous, qu'a-t-il fait?

Mais vous le savez déjà, monsieur le juge. Il m'a...

— Il m'a pénétrée.

Au début, elle ne savait pas ce que cela voulait

dire. On lui posait la question, lui demandait : Vous a-t-il pénétrée ? et elle regardait bêtement. C'est le médecin de la prison qui, voyant qu'elle ne comprenait pas, lui avait expliqué la chose : Est-il entré en vous ?

— Est-ce que vous aviez déjà eu des relations sexuelles avec un autre ?

Jamais, jamais, jamais. Aucun homme, monsieur le juge et monsieur le procureur, ne m'a jamais embrassée contre ma volonté, renversée sur un sofa, un lit, une banquette de voiture, ne m'a — comment voulez-vous que je dise ? — pénétrée. Je suis sortie avec des garçons, comme toutes les filles. Nous nous sommes embrassés, au cinéma, dans un champ, devant la porte de la maison familiale, mais jamais, jamais, monsieur le juge et monsieur le procureur, jamais personne ne m'a fait violence. Quand je rentrais chez nous, j'étais, je vous le jure, intacte comme quand j'étais sortie.

L'interrogatoire est terminé. Il y en aura d'autres, puis des contre-interrogatoires. Des regards curieux, malveillants, dédaigneux, inquisiteurs, impitoyables et indifférents, rarement rassurants ou compatissants.

9

Son avocat lui ayant conseillé de ne pas témoigner à l'instance, devant le juge de paix, Auger s'est abstenu de le faire. Par contre, il a pris le temps de répondre aux questions des journalistes, de proclamer hautement son innocence et de parler de Laurence Martel en termes négatifs. Une fille qui voulait falsifier une demande d'emploi! Qui s'était fait couper les cheveux à la garçonne! Une fille qui était venue le voir deux fois, qui avait flirté à outrance avec lui, dans son bureau de parlementaire! Elle avait osé suggérer qu'il la promène dans sa voiture quand il ferait plus beau, qu'il lui présente ses amis, qu'il l'amène dîner en ville... Qu'ils aillent danser dans une boîte de nuit, à Montréal, peut-être...

Puis, quand il n'avait pas réagi de façon positive à toutes ses demandes saugrenues, elle avait porté plainte, l'avait accusé de toutes sortes de méfaits alors qu'il s'était conduit tout à fait correctement. C'était certain, elle était de mèche avec certaines personnes des milieux politiques qui lui voulaient du mal, à lui, Auger, qui voulaient la chute du jeune parlementaire franco-ontarien progressif. Un complot, cette affaire! Ses ennemis avaient engagé cette fille ambitieuse, ils s'en servaient de cette gourde, de cette femme dépravée et opportuniste, prête à raconter des menteries.

— Que voulez-vous dire, monsieur Auger, expliquez-vous! Quels ennemis? Quelles menteries?

Auger sourit, l'air de dire: «Vous verrez bien, on finira par tirer la chose au clair, je serai innocenté, on regrettera de m'avoir calomnié.»

10

Premier procès.

Louis Auger est accusé de viol, crime que l'art. 298 du *Code Criminel* de 1927 définit ainsi:

> Le viol est l'acte d'un homme qui a un commerce charnel avec une femme qui n'est pas son épouse,

sans le consentement de cette femme ou à la suite d'un consentement qui lui a été arraché par des menaces ou par la crainte de lésions corporelles, ou obtenu en se faisant passer pour le mari de cette femme, ou par de fausses ou frauduleuses représentations ou sujet de la nature ou du caractère de l'acte.

La plaignante déclare qu'elle a eu des rapports sexuels avec l'accusé contre sa volonté, qu'elle n'y a jamais consenti et qu'elle a eu très peur de blessures. Auger, qui risque la peine de mort, se dit innocent. Son avocat, maître Gordon Henderson, ne l'appelle pas à la barre, s'acharne plutôt à attaquer le témoignage de la plaignante, qui serait selon lui une fille délurée, même pour son époque et sa génération.

Un détective ayant effectué, pour la défense, un examen de l'acoustique au quatrième étage du Parlement, affirme que l'on aurait très bien pu entendre mademoiselle Martel si elle avait appelé au secours. Un député, dont le bureau est voisin à celui d'Auger, soutient avoir travaillé dans son bureau le samedi 16 février entre quinze et dix-huit heures mais n'avoir rien entendu. Pourquoi, demande Henderson à Laurence, a-t-elle quitté le Parlement en compagnie de l'accusé et l'a-t-elle accompagné à la gare?

Le juge Wright intervient, conseille à maître Henderson de ne pas poser des questions non pertinentes à l'affaire.

Laurence se rappelle son anxiété, son incrédulité, son refus de croire que le jeune homme n'éprouvait aucun remords, n'avait aucun regret et, surtout, n'avait aucune affection pour elle. Il s'était servi d'elle comme on se sert d'un objet, puis l'avait jetée aux ordures.

— Au lieu d'y aller seule, le samedi 16 février, suggère maître Henderson, vous auriez pu vous faire accompagner par votre tante, non ?

Le juge W. H. Wright ironise :

— Et pourquoi pas par un agent de police ?

Puis, c'est au tour du médecin à la prison, J. Fenton Argue, celui qui a examiné Laurence dix jours après l'incident, de témoigner :

— J'ai pu constater qu'il y avait inflammation de l'hymen, que celui-ci avait été apparemment lacéré par un instrument contondant, selon toute probabilité un pénis d'homme.

Auger grince des dents. À savoir avec qui et combien de fois la fille avait baisé durant ces dix jours ! Toutes des traîtresses, les femmes, des salopes, des putes menteuses cherchant des avantages à n'importe quel prix.

— Il n'y a pas corroboration, constate son avocat. Il y a eu rapport sexuel, oui, certes, mais avec qui ?

Le Dr Argue n'en sait rien.

— Des blessures ? Des lacérations ? Mademoiselle aime peut-être l'acte un peu brutal ?

On entend des ricanements dans la salle. La plaignante sort un mouchoir, s'essuie les yeux. Visiblement agacé, le juge rappelle le défenseur à l'ordre, souligne qu'il y a ici d'un côté une jeune fille inexpérimentée, naïve, et de l'autre un homme d'une grande force physique, un homme instruit, aux responsabilités politiques et morales.

Est-ce raisonnable, se demande le juge Wright devant les jurés qui l'écoutent attentivement, de conclure que cette jeune fille est allée à la Chambre des communes pour avoir un commerce immoral avec un homme? Qu'elle y serait retournée pour devenir la victime consentante de la libido de cet homme?

Coupable. Auger est déclaré coupable et condamné à neuf ans de prison. Un député fédéral condamné à neuf ans de prison pour avoir violé une jeune fille de la classe ouvrière, jamais encore le Canada n'avait vécu un tel événement! Était-ce parce que le crime avait eu lieu dans l'enceinte du Parlement? Était-ce parce qu'un jury entièrement anglophone — chose qui n'aurait pas été possible au Québec ou au Manitoba — avait trouvé le jeune francophone bien trop arrogant? *Le Droit* voyait dans l'exclusion de jurés francophones l'un des faits les plus remarquables de ce procès.

Le juge Wright avait-il compris, avant que le Conseil privé de Sa Majesté en fasse la déclaration le 18 octobre 1929, que les femmes étaient dignes d'être prises au sérieux? Avait-il une fille? Dans ses directives au jury, le juge Wright a répondu par trente-quatre mots aux arguments de la défense et consacré plus de quatre mille mots au réquisitoire du ministère public.

Voici une partie de ce qu'il avait à dire en prononçant sa sentence :

Le crime dont vous avez été reconnu coupable est l'un de plus graves au regard de la loi. C'est un spectacle des plus inusités que de voir un député fédéral commettre un pareil crime dans l'enceinte de la Chambre. C'est inouï. Vous êtes un homme instruit qui occupez une situation sociale prééminente. Le crime a été commis sur la personne d'une jeune fille innocente n'ayant que dix-sept ans et qui est la fille d'un de vos commettants. Il est inconcevable que vous ayez pu commettre un crime pareil… Je ne veux pas que vous soyez en prison si longtemps que votre vie sera complètement détruite. Mais la loi doit être respectée. *Les femmes de ce pays ne doivent pas être victimes d'agression de la part de ceux qui sont en mesure de les y forcer.* Je vous condamne à neuf ans d'emprisonnement.

L'avocat de Louis Auger annonce qu'il portera le jugement en appel. Le ministère public rétorque qu'il intentera un deuxième procès pour crime de séduction si jamais le verdict est infirmé. Ahuri, Auger s'essuie les yeux. Il sort du prétoire en chancelant. Le fourgon cellulaire le conduit à la prison de la rue Nicolas.

Le 21 mars, le député Louis M. Auger soumet sa démission au Président de la Chambre. Et, le 22 mars 1929, *Le Droit* rapporte que le premier ministre Mackenzie King a fait la lecture du document devant une Chambre où régnait un silence absolu.

11

L'appel.

Les avocats de Louis Auger soutiennent lors de l'appel que le juge Wright n'a pas respecté la règle de la corroboration, une règle qui limitait le degré de crédibilité accordé aux femmes se déclarant violées. Elle exigeait que des témoignages de tiers viennent appuyer les accusations portées par les femmes, surtout quand celles-ci faisaient partie des classes inférieures. Et le juge était tenu d'avertir le jury de l'absence de corroboration, si tel était le cas; dans le cas d'Auger, le juge Wright ne l'avait pas fait.

L'inventeur de cette règle datant du XVIIe siècle, le juriste anglais Sir Mathew Hale, affirmait que les femmes étaient souvent de *faux témoins calomnieux, qu'une accusation de viol est facile à faire mais difficile à prouver, et encore plus difficile à réfuter par l'accusé.*

Or, l'obligation de corroboration d'un viol par un témoin ne demandait-elle pas que le crime fût commis devant un tiers? Qui ne se rendrait pas complice du crime en ne l'empêchant pas?

Dans le cas d'Auger, les cinq juges de la cour d'appel de l'Ontario n'ont pas pu arriver à un accord. Ils ont annulé le verdict de culpabilité par trois voix contre deux, la majorité invoquant une possible erreur judiciaire commise par le juge Wright et les deux autres trouvant anormal d'exiger la corroboration dans tous les cas. James Magee, un des juges dissidents, explique:

> Je ne peux convenir qu'une telle directive soit indiquée dans le cas d'une femme qui a été agressée, pas plus que dans le cas d'un homme qui a été victime d'un vol à main armée ou de coups et blessures hors la présence de tout témoin...

En l'espèce, il n'y avait aucun facteur qui engage à considérer à part la jeune fille agressée, dont il faudrait traiter le témoignage différemment de celui de quelque autre témoin qui dépose sur un infraction de violence corporelle et dont le témoignage est pratiquement incontesté[4].

Pour le moment, Auger a gagné : l'affaire est renvoyée pour un nouveau procès qui débutera en octobre. En attendant, l'ancien député reste en prison.

12

Deuxième procès. Octobre 1929.

L'accusation de viol est renouvelée. Auger, en prison depuis sept mois, a retenu les services d'un nouvel avocat, Arthur Graeme Slaght, de Toronto, célèbre pour avoir plaidé dix-neuf procès pour meurtre sans une seule condamnation à mort. Première victoire, il y aura deux francophones parmi les douze jurés.

Slaght se lance à l'attaque de Laurence : Au bout de son index, l'avocat fait virevolter devant le jury la célèbre culotte bouffante. N'aurait-elle pas dû être déchirée s'il y avait eu agression violente et résistance courageuse ? Non, la jeune femme avait le béguin

---

[4] Constance Backhouse, «Attentat à la dignité du Parlement : Viol dans l'enceinte de la Chambre des communes, Ottawa 1929», dans *Revue de droit d'Ottawa,* vol. 33, n° 1, 2001-2002, p. 95-145. Madame Backhouse affirme «qu'il s'agissait là d'une conclusion judiciaire remarquable pour l'époque, et la seule du genre durant la première moitié du XXe siècle.» Elle note qu'entre 1900 et 1960 il y a eu, au Canada, 260 procès pour agression sexuelle.

pour Auger, l'avait poursuivi, était même allée chez le coiffeur pour l'impressionner davantage. En retournant le voir au Parlement, elle avait voulu établir une liaison amoureuse, s'était donnée à lui pour sceller cette liaison. Bien sûr, ses vêtements étaient un peu en désordre à la fin de l'après-midi, et Laurence avait alors inventé cette histoire de viol pour expliquer l'état de ses habits à sa tante.

Le juge Kelly rappela l'expertise médicale, les taches de sang dans les sous-vêtements de la plaignante, les gouttes de sang aperçues par le personnel de sécurité sur les marches de l'escalier menant au cinquième étage où mademoiselle Martel était allée se laver. L'avocat de la défense répondit que cela ne prouvait pas le viol, seulement le fait qu'il y avait eu des rapports sexuels. Mademoiselle Martel affirmait qu'il n'y avait pas eu consentement? C'est ce que diraient toutes les femmes pour protéger leur réputation.

Les douze hommes composant le jury ne pouvant s'entendre — sept reconnaissaient l'accusé coupable, cinq se prononçaient pour l'acquittement — le deuxième procès est annulé. Encore une fois, Auger a gagné.

13

Troisième procès.

Louis Auger n'est pas remis en liberté; le ministère public n'est pas prêt à abandonner, un troisième procès débute aussitôt.

L'accusé à qui on a, le 21 mars, coupé son indemnité parlementaire de vingt-cinq dollars par jour, a cette fois encore engagé un défenseur différent, maître Moses Doctor, moins onéreux que Slaght, mais tout aussi habile.

Pour commencer, l'avocat réussit à faire admettre quatre francophones au jury. Puis il passe à l'attaque, peint Laurence comme une aventurière ambitieuse et frivole. Il présente même un témoin, Antonio Séguin, un Montréalais qui témoigne avoir fait des randonnées en voiture avec Laurence quand celle-ci n'avait que quatorze ans. Elle se serait alors laissé embrasser pendant que la voiture était stationnée, tard la nuit, dans un endroit isolé.

Toutefois, affirme l'avocat d'Auger, Laurence ne serait pas la seule coupable dans l'affaire puisque c'est sa tante, Bertha Saint-Pierre, qui l'aurait entraînée dans cette cabale. Selon l'avocat, madame Saint-Pierre ressemblerait à Putiphar, un personnage biblique : épouse d'un général égyptien, elle aurait tenté de séduire le fils du général et, repoussée par le jeune homme, l'avait accusé d'avoir voulu la violer. Dans le cas de Laurence, la tante serait la misérable instigatrice, le cerveau de l'affaire et surtout, un agent saboteur au service d'une clique d'adversaires politiques de l'ancien député.

Moses Doctor appela son client à la barre, sachant que celui-ci se présentait très bien. Tout se déroula comme prévu jusqu'à ce que le procureur général demande à Auger pourquoi le président de la Chambre lui avait bloqué l'accès à son bureau. Était-ce parce qu'il y avait reçu des femmes et que, si l'on se fait à certains reportages dans les journaux de la capitale, le 15 février 1929, à six heures cinquante du matin, deux gardiens, ayant entendu des bruits suspects, s'y étaient introduits et avaient, à leur grande surprise, découvert Auger en compagnie d'une femme dévêtue? L'accusé nia ces accusations. Doctor intervint d'ailleurs immédiatement, s'opposant à ce que les deux hommes soient convoqués pour invalider cette dénégation; après tout, leur témoignage ne semblait pas pertinent à l'affaire. Il réussit sa manœuvre.

Le juge William E. Raney informa les membres du jury qu'ils auraient à déterminer laquelle des deux versions de cette affaire était la vraie; il leur rappela la doctrine de la corroboration et souligna que c'était risqué de conclure à la culpabilité d'un accusé quand il n'y avait pas corroboration du crime. Finalement, le 15 octobre 1929, trois jours avant que les Canadiennes soient déclarées des personnes, le jury vota à l'unanimité l'acquittement de Louis Mathias Auger.

La Presse de Montréal notait que le jury qui avait prononcé Auger coupable avait été entièrement de langue anglaise, que celui qui n'avait pas pu s'entendre était mixte, qu'un tiers des membres du jury acquittant Auger étaient des Canadiens français.

14

— Ah, monsieur Auger! Vous avez remarqué? On a fait repasser vos vêtements. Que vous êtes élégant!

— Merci, sergent.

— D'ailleurs vous étiez toujours le mieux vêtu de tous les détenus… Là, excusez, je dis des bêtises. Je voulais dire quand vous alliez au tribunal… Puis, voici vos effets personnels, monsieur Auger. Vous voulez bien vérifier et signer ce document. Et je suis heureux pour vous qui reprenez votre liberté.

Tiens, mon portefeuille. Vingt-huit dollars. Je comptais aller dîner ce soir-là. Le 25 février... Avec Roger. Oh, je lui devais dix-huit dollars, je les lui dois toujours. Il va falloir y penser. Ma montre. Elle s'est arrêtée, évidemment, je la remonte. Oui, c'est bien son tic-tac habituel, si discret, presque inaudible. Mon père me l'avait offerte le jour de la collation des grades du baccalauréat. Mon stylo, un bon Waterman comme il se doit. Assoiffé d'encre. Des papiers, histoire du passé. Il n'y a rien à vérifier là-dedans, oublions ça. Mon tabac, trop sec probablement, mes allumettes, ma pipe... Quel plaisir de te tenir dans ma main, ma chère. Tu m'as manqué...

Louis Auger signe vite. Son avocat l'attend, des amis, quelques journalistes.

Le ciel est clair, la température encore assez douce. Le jeune homme respire. Après trois procès et sept mois de prison, il est libre. Innocent! Acquitté! Ça pleut les félicitations, les questions aussi. Vous allez vous représenter aux prochaines élections? Pourquoi pas? Tu n'aurais pas dû démissionner si vite! Tes études? Tu écris un livre? Vous avez déjà un titre, monsieur? Quoi? «Mon voyage en Californie»? C'est évident, vous n'avez pas perdu votre sens de l'humour!

Un ami lui a apporté un petit cadeau, du tabac tout frais. Louis bourre sa pipe, l'allume, ferme les yeux en aspirant. La vie est belle. Pendant sept mois, deux cent trente-deux jours — il les a bien comptés — il a imaginé cet instant où il mettrait les pieds sur le trottoir de sa ville, Ottawa, qu'il prendrait un café ou même deux quelque part, en lisant le quotidien du jour même de sa libération. Il s'était vu allant à la gare sans toutefois regarder vers la colline parlementaire. Non! Il vaudrait mieux oublier cette carrière politique, à moins que les gens n'insistent...[5]

Enfin, aujourd'hui, il prend le train qui l'amènera à L'Orignal. Après un quart d'heure de marche à travers les routes de campagne, il retrouvera la ferme, ses parents, ses trois frères, sa sœur.

La suite? On verra. Il pourrait aller vivre à Montréal, il en avait soupé de tous ces anglophones hautains de l'Ontario qui, jaloux de sa jeunesse, lui avaient sauté dessus à la première occasion, dès que cette menteuse l'avait accusé. Innocent, voilà ce qu'il était! Oui, il avait crocheté cette agace-pissette qui s'offrait à lui, qui en bavait d'envie, dévergondée qu'elle était. Qu'elle aille donc pleurer auprès de sa tante!

— Allez, les amis! J'ai le temps de boire une bière avant de partir!

15

Le jeune fou avait-il oublié qu'on allait lui faire un autre procès, l'accuser de séduction? Pourquoi ne s'est-il pas tout simplement sauvé? Il aurait pu quitter le Canada, aller vivre en Europe, enseigner le français

---

[5] Les archives du Parlement indiquent que Louis Mathias Auger aurait voulu se faire réélire en 1935, mais aurait été défait. Madame Backhouse n'en parle pas. À son avis, le jeune homme aurait disparu après sa libération du pénitencier de Kingston. J'ai adopté sa conclusion.

aux États-Unis, en Amérique du Sud, en Afrique, au Japon, n'importe où. Mais non. Heureux d'avoir gagné, il est resté chez lui, à se reposer des mois passés en prison. Était-il arrogant, comme on le disait, trop sûr de lui, irréfléchi ? Qu'a-t-il donc fait entre octobre 1929 et février 1930 ? Où a-t-il vécu pendant ces quelques mois ? Il a pris du repos d'abord, c'est certain. Puis ? Auger n'a pas encore trente ans, il a dû vouloir se divertir, retrouver le monde.

Dans sa pensée sur le divertissement[6], Pascal affirme au XVIIᵉ siècle que *tout le malheur des hommes vient d'une seule chose, qui est de ne savoir pas demeurer en repos, dans une chambre* et conclut un peu plus loin *de là vient que la prison est un supplice si horrible*. Auger, bachelier en philosophie, aurait dû se rappeler cette pensée et partir au loin. Mais en octobre 1929, l'acquittement le grise. Il se sent des ailes, prévoit une carrière de juriste sans égal, est convaincu d'être invincible.

Il regagne ses pénates. La famille le fête. Il retrouve sa voiture dans la grange familiale, quelle joie ! Il la lave, l'astique et va se balader à travers la campagne. Vers Ottawa et le Parlement, voyage douloureux, vers Montréal et ses boîtes de nuit, voyage de plaisir.

A-t-il eu le désir de reprendre les études ? Mais les études, ça coûte cher, vivre à Toronto, où se trouve Osgoode Hall, ce n'est pas bon marché non plus. Il aurait besoin d'une position de clerc, mais quel est le bureau d'avocats torontois qui voudrait engager un francophone de sa réputation ?

---

[6] Pascal, *Pensées,* Paris, Garnier, 1951, p. 109.

Il est innocent, oui, mais Auger continue de voir le doute dans les yeux des gens, de l'entendre dans leur voix. Il reste malgré tout l'homme qui recevait des femmes dans son bureau de député, qui avait compromis la dignité du Parlement, ignoré les conventions. Un jeune Canadien français de talent qui, comme Icare, avait voulu sortir du labyrinthe des hiérarchies, avait acquis diplômes et savoir lui permettant de grimper l'échelle sociale, mais n'avait pas su y maintenir son équilibre. Il avait chuté et la chute était irréversible.

16

Parfois, en passant par Hawkesbury ou bien Ottawa, Auger voit une fille qui ressemble à Laurence Martel. L'idée de l'écraser, de s'écraser avec elle dans un tas de ferraille et de chair humaine l'effleure. Mais il continue sa route. Après tout, il n'est pas fou. Il sait qu'il y en a partout, des filles, des filles qui sont prêtes à se divertir avec les hommes et qui ne feront pas d'histoires. Il en connaît, il les fréquente, il se divertit. Pourtant, même ces filles-là le soupçonnent du crime: il le voit dans le mouvement de leurs lèvres, le sent dans leur exaltation.

Noël passe. Auger a pris l'habitude de se coucher tard et de dormir tard aussi. Les yeux inquiets, sa mère le regarde quand il arrive dans la cuisine, vers onze heures du matin, les cheveux hirsutes et de mauvaise mine, à la recherche d'une tasse de café et d'un morceau de pain grillé. Elle sait qu'il boit, qu'il boit trop, qu'il se perd dans des activités qui ne sont pas du genre de ce qu'il aimait autrefois : les études, la lecture, les discussions politiques. Le soir, quand il lui annonce qu'il mangera en ville avec des amis, elle voudrait trouver le courage de poser des questions à cet homme bien habillé, rasé de près, pressé de partir. Mais elle le sait vulnérable et a peur de le blesser, lui, son dernier enfant.

Le père a des soucis d'argent. La ferme, achetée pour douze mille dollars avec l'aide d'un fils prodige qui s'était engagé à payer l'hypothèque et les impôts, ne rapporte rien. Il a même fallu vendre l'épicerie quand ce fils a disparu en prison. Et là, maintenant, le prodige devient prodigue, et insolent par-dessus le marché. L'autre jour quand, inquiet, le père s'est permis de demander — une seule fois, juste avant les fêtes ! — si le fils pourrait contribuer aux dépenses de la famille, qu'a-t-il reçu comme réponse ? « Les avocats, ça coûte cher. » Depuis, le père garde ses questions pour lui-même ; il se rappelle pourtant, non sans une certaine ironie, qu'au premier procès un des avocats avait plaidé l'innocence de Louis en évoquant que celui-ci avait des parents âgés et malades.

17

Quatrième procès. Février 1930.

Le quatrième procès intenté à Louis Mathias Auger commence sous la présidence du juge Edward J. Daly de la cour du comté de Carleton, qui siégera seul. Auger a opté pour un procès devant juge seulement. Il n'y aura donc pas de jury. Le chef d'accusation n'est plus le viol, c'est la séduction, considérée comme un crime depuis 1886.

À cette époque pouvait en être victime une jeune fille âgée de douze à seize ans et chaste jusque-là, exigence que les féministes de l'époque essayaient de faire supprimer. En 1900, le Parlement demanda que la défense prouve *l'inchasteté* antérieure de la victime. En 1920 — malchance pour Auger — la limite supérieure d'âge était élevée à dix-huit ans. La peine maximale était de deux ans d'emprisonnement.

Séduire, qu'est-ce donc? Selon les juges canadiens, c'était avoir incité, entraîné, suborné, sollicité, persuadé, utilisé des artifices, obtenu des rapports sexuels par attrait, utilisé de faux-semblants, influence, promesse, ou tromperie pour venir à bout des objections d'une femme chaste, raisonnable, jamais encline à des actes lascifs.

Et qu'est donc la chasteté? Un procès de 1918 en précisa la définition:

> La chasteté est la vertu par laquelle on s'abstient des plaisirs charnels interdits et les bannit de sa pensée. La pureté est la chasteté parfaite. Quant aux concepts d'*honneur,* de *sagesse* et de *vertu* tels qu'ils s'appliquent à une femme, *honneur* s'entend de sa détermination à conserver l'estime des autres, *sagesse* de la prudence dont elle doit faire preuve pour éviter les occasions dangereuses, et *vertu,* du courage qu'elle met à résister aux attaques du séducteur.

De plus,

Chasteté et virginité ne sont pas nécessairement synonymes… Chasteté signifie la possession des qualités et des traits de pureté ou de décence dans la pensée et dans les actes. Elle signifie propreté morale en ce sens que les personnes raisonnables et rationnelles diraient qu'il n'y a pas impureté ou indécence. Cela ne signifie pas le genre de pureté excessive qu'on trouve chez une prude, mais incarne le degré de décence propre à une femme célibataire moyenne, digne et qui se respecte.

Louis, avait-il séduit Laurence? Laurence, avait-elle été chaste jusqu'à leur rencontre? Il incombait à la défense de prouver l'inchasteté de la plaignante. Et maître Moses Doctor, qui sera payé avec l'argent de la vente de l'automobile d'Auger, se met à l'œuvre. Il répond non à ces deux questions avant de s'attaquer avec vigueur au passé de Laurence. Trois hommes, accourus de Hawkesbury, Montréal et Détroit pour défendre Auger, racontent que Laurence avait consenti à se faire embrasser dans des voitures, des cinémas et même dans le salon de son grand-père, avait bu de la bière, eu des rapports immoraux. Cette fille était d'un tempérament lubrique, capable d'actes lascifs.

Sûrs d'être protégés en vertu de la *Loi de la preuve*, qui permettait à un témoin de faire des dépositions pouvant l'incriminer lui-même sans pour autant s'exposer à une éventuelle poursuite pénale, certains ont déclaré avoir eu des relations sexuelles avec Laurence alors qu'elle avait à peine quinze ans.

Le juge Edward J. Daly trouva aberrant ces témoignages vulgaires, indignes d'un homme aussi instruit qu'Auger. Il se méfia des trois témoins qui lui semblaient ridicules, louches et peu convaincants. Quant à la corroboration des faits rapportés par Laurence, il accepta comme tel son comportement, sa plainte pour ainsi dire immédiate et aussi l'expertise du médecin légal, les traces de sang dans l'escalier. Il conclut que Louis Auger avait séduit la jeune fille et le condamna à la peine maximum, deux ans de prison au pénitencier de Kingston. Comme si Auger n'était plus digne du mot *monsieur*, le juge exprima, sans s'en servir une seule fois, son raisonnement au détenu :

Auger, vous êtes un diplômé d'université et, à l'âge de vingt-quatre ans, vous avez été élu pour représenter au Parlement le comté de Prescott. Vous connaissiez le père de cette jeune fille et vous avez promis de lui trouver du travail. Elle est venue vous voir pour remplir son formulaire de demande, pensant que votre nom l'aiderait à trouver un emploi. Vous saviez qu'elle avait moins de dix-huit ans. Vous l'avez possédée, vous avez abusé de la fille de l'un des hommes qui vous ont élu au Parlement. Vous ne méritez aucun égard… Vu l'attitude que vous avez adoptée, je n'ai pour vous aucune sympathie. La Cour vous condamne à deux ans d'emprisonnement.

Deux ans. La peine maximale. Deux ans moins un jour aurait signifié l'incarcération dans une institution provinciale. Un journaliste, croyant avoir mal compris, demanda au juge si cela signifiait que monsieur Auger devait purger sa peine au pénitencier fédéral de Kingston, ce que le juge confirma.

Celui-ci, d'ailleurs, n'avait pas tenu compte dans sa sentence des onze mois que l'accusé avait déjà passés en prison. *Christ,* dit le journaliste à un collègue, *he was lucky not to be condemned to a few dozen lashes also! Why are they so tough on him?*

Pourquoi, en effet, la justice s'était-elle acharnée à poursuivre un homme établi au profit de la réputation d'une femme prolétaire? L'époque n'est pourtant pas connue pour sa justice vis-à-vis des femmes. Si le séducteur avait été de langue anglaise, l'aurait-on poursuivi par un procès après l'autre? jusqu'à ce qu'on obtienne une condamnation?

Auger fit appel, mais en vain; les juges de la Cour d'appel de l'Ontario, y compris le juge Wright, ont sans même justifier leur conclusion rejeté son appel.

18

Cinquième et dernier procès. Juin 1930.

Ce n'est pas tout, ça ne s'est pas arrêté là: il y eut un cinquième procès contre Louis Mathias Auger. En octobre 1929, alors que le troisième procès se terminait par un acquittement, le juge Raney s'était interrogé sur l'étrange histoire de la femme dévêtue dans le bureau du député. Au cours du procès, deux agents de sécurité avaient déclaré sous serment avoir vu cette femme, alors qu'Auger, sous serment lui aussi, avait nié l'incident. Qui avait fait parjure, les deux employés ou l'arrogant jeune homme? Après le procès, le juge Raney avait demandé au procureur de la Couronne d'examiner la question. Après enquête, celui-ci délivra un mandat d'arrêt contre Auger le 20 janvier 1930, quelques semaines seulement avant le procès pour séduction.

Le procès pour parjure commença le 4 juin 1930. Auger, incarcéré au pénitencier de Kingston depuis le 12 mars, se défendit lui-même, probablement parce qu'il était à court d'argent. Pour commencer, Auger protesta contre la saisine du juge Daly, demanda un autre juge, accepta le juge Colin O'Brian, bien que celui-ci avait en 1927 présidé un procès civil concernant un recouvrement d'honoraires par un médecin qui disait avoir traité Auger pour une maladie de toute évidence vénérienne. Après avoir écouté plusieurs témoignages concernant les dates auxquelles Auger se serait ou ne se serait pas trouvé à Ottawa, le juge O'Brian avait rejeté la demande du médecin.

Parjure donc. Auger se montre brillant avocat de la défense, se déplace de la table des avocats à la barre des témoins en passant par le banc des accusés. Il parle de confusion de dates et d'heures, mêlant par là jurés et spectateurs. Le procureur Ritchie, qui connaît la carrière de l'accusé, est bref et précis. Le juge O'Brian tient un discours sur le crime de parjure et le manque de précision des témoins en général. Il constate que les personnes accusées de parjure sont rarement trouvés coupables et déclare finalement :

— Les procès de monsieur Auger ont coûté beaucoup d'argent à ce pays ; ils ne sont d'aucun bénéfice pour le public et le plus tôt on en finira avec eux, le mieux ce sera.

Encouragé par cette déclaration, le jury à un tiers francophone acquitta l'ancien parlementaire.

Deuxième lettre à Nellie McClung
par
Agnes Macphail[7]

---

[7] De nouveau, il s'agit d'une lettre inventée de toutes pièces.

Le 11 juin 1930

Ma chère Nellie,

Imagine! L'affaire Auger a duré dix-huit mois, a pris cinq procès et deux appels. Là, c'est terminé. Trouvé coupable du crime de séduction, le jeune homme est incarcéré au pénitencier de Kingston où il purge une sentence de deux ans. Avec les onze mois qu'il avait auparavant passés en prison, cela lui fera presque trois ans au total.

Malgré tout ce qu'il a fait et tout ce qu'il a dit, je ne peux m'empêcher de ressentir un peu de sympathie pour lui. Je devrais penser à sa victime, et je le fais, mais j'imagine la prison et j'ai pitié de lui. J'espère qu'il saura bien se tenir, éviter l'horrible férule, cet instrument qui nous vient du Moyen Âge! J'espère surtout que les autorités lui permettront de se rendre utile par des travaux et d'apprendre des choses pratiques comme le jardinage ou la couture, par exemple.

J'aimerais savoir si cet homme a compris que les femmes méritent le respect des hommes, mais j'ai mes doutes à ce sujet. Je crains qu'il ne nous haïsse plus que jamais. Les expressions qu'il a utilisées durant ses procès, que les journaux rapportaient avec enthousiasme, constituaient tout un dictionnaire d'insultes aux femmes. Je cite pêle-mêle : intrigante, mouche du coche, citadine provocante, délurée, faux témoin calomnieux, rusée, inchaste… et le reste.

Quelques juges nous ont soutenues, c'est formidable. Ce sont les Wright, Hodgins, Magee, Raney et Daly. D'autres ont invoqué la doctrine de corroboration — en cas de viol, tu parles! — du ridicule et misogyne juriste anglais, Sir Matthew Hale. Comme si pareil crime se déroulait devant témoins!

Les avocats ont fait leur cirque. Il y en a même un qui a fait virevolter les sous-vêtements de mademoiselle Martel. Quelle épreuve ça dû être pour elle! Étant donné qu'ils n'étaient pas déchirés, ils seraient, selon lui, les témoins muets de l'innocence de l'accusé! D'autres ont fait venir, évidemment avec le consentement de leur client, des personnages douteux qui auraient eu des rapports sexuels avec la plaignante. Sûrs de se trouver sous la protection de la *Loi de la preuve au Canada*, certains déclaraient avoir eu des relations sexuelles avec Laurence alors que celle-ci avait à peine quinze ans. Imagine!

Les journaux disent qu'au cours des procès, Martel est devenue plus sûre d'elle-même. Ils ont beaucoup parlé de ses vêtements *(and of her underwear)*. Grâce aux journalistes, tous des hommes d'ailleurs, le monde connaît tous les détails de ce qui s'est passé dans le bureau de Louis Mathias Auger. Les allégations concernant les antécédents sexuels de Laurence ont défrayé les manchettes des journaux pendant seize mois. Et même si les reporters ont loué le comportement de cette jeune fille et son bon goût en ce qui concerne les vêtements, on se souviendra malheureusement surtout de sa culotte bouffante.

Justice a-t-elle été faite? Depuis trop longtemps les violeurs s'en sortent indemnes. Avec Auger, une personnalité politique prise en flagrant délit a été publiquement dénoncée et condamnée. Le fait qu'il s'agissait d'un homme jeune, intelligent, arrogant, effronté, téméraire et sûr de lui — de langue française par-dessus le marché —, a-t-il contribué au mépris que les juristes (et mes collègues!) éprouvaient pour lui? Je me pose la question.

Que va-t-il devenir? Tu sais, je me demande souvent ce que font ceux et celles qui sortent de prison. Quelqu'un m'a parlé d'un livre qui va sous peu sortir en Allemagne: *Wer einmal aus dem Blechnapf frisst* (en français: Celui qui une fois a bouffé dans la gamelle) par Hans Fallada. C'est un écrivain qui, pour une affaire d'argent, a passé trois mois en prison[8]. Il décrit dans ce livre les difficultés qu'éprouvent les détenus à leur sortie de prison et dans les mois qui suivent. Il soutient que ces gens-là auraient besoin d'un bon réseau d'appui qui faciliterait leur réintégration dans la société. Comme tu le sais, je m'intéresse beaucoup à cette question. Malheureusement je ne lis pas l'allemand; je me débats toujours avec le français. Pour suivre et comprendre le cas d'Auger, j'ai essayé de lire régulièrement *Le Droit*, *La Presse* et *Le Devoir*. Pour Fallada, j'attendrai une traduction.

---

[8] Hans Fallada, *Wer einmal aus dem Blechnapf frisst,* Berlin, 1932 et Aufbau Verlag, 1950.

Il y a un homme, un médecin torontois, enfermé lui aussi à Kingston pour un avortement qui s'est mal terminé. On s'attend à ce qu'il écrive un livre sur sa vie au pénitencier[9]. Je t'en donnerai des nouvelles.

L'accusatrice d'Auger semble avoir disparu. Jeune, jolie, ambitieuse et téméraire elle aussi, que va-t-elle faire de sa vie? Certes, elle n'est sûrement plus aussi naïve; les cinq procès ont dû lui fournir toute une éducation légale et personnelle. Le colonel Hope, procureur de la Couronne au deuxième procès d'Auger, prédisait dans son réquisitoire que la vie entière de la jeune fille avait été endommagée, ses perspectives de mariage anéanties. Je dirais que ce sont deux vies qui ont été perturbées ici, deux existences mises en question. Le malfaiteur puni devra reprendre sa vie à sa sortie de prison; sa victime devra d'une façon ou d'une autre surmonter l'expérience et, malgré tout, veiller à cicatriser sa blessure. Aucun des deux n'aura la vie facile. Mais j'espère que le colonel se sera trompé et que Laurence réussira à se bâtir une existence acceptable, avec ou sans mari. À elle de choisir.

Voici une fille qui a eu le courage de porter plainte contre un homme, de témoigner contre lui pendant plus d'une année. Elle est pour moi une héroïne dans la lutte contre la violence faite aux femmes. Nous toutes, *personnes* depuis même pas une année, finalement admissibles au Sénat, devrions la remercier.

À bientôt, Nellie! Écris-moi!

Ta fidèle amie,

Agnes

---

[9] Oswald Withrow, *Shackling the Transgressor*, Toronto, Nelson, 1933.

ET APRÈS

*Il faut essayer de vivre. Il ne faut pas
se jeter dans la mort.
C'est tout.*
Marguerite Duras

LUI

Le 4 juin 1930

Smith Falls, Perth, Westport, Inverary. Le fourgon cellulaire roule, direction Kingston. Assis sur la banquette à droite de la porte arrière, un détenu somnole, épuisé. Il a quitté la prison à six heures du matin pour aller subir son cinquième procès à Ottawa. Il a été innocenté du délit de parjure, bon, très bien, mais au fond, sauf pour une petite satisfaction personnelle, ça ne change rien. Sa condamnation de deux ans pour séduction d'une mineure le retiendra encore pour vingt-et-un mois au pénitencier.

Kingston. Il lui faut passer par la grande porte à colonnes de l'immense structure avant qu'on lui enlève les menottes marque Peerless et les abominables entraves. Il n'en marchera pas plus vite. Il avancera à pas lents en direction de sa cellule, de sa paillasse. À quoi bon se hâter? Mais les gardiens le poussent. Ils veulent se débarrasser de ce type, ils veulent rentrer chez eux, s'asseoir à leur table, souper en famille. Le détenu? Il n'aura rien, l'heure du repas du soir est passée, la cuisine fermée. On aurait pu lui mettre un repas de côté? Il ne manquerait plus que ça!

«*Quick man!*» grognent-ils, le font entrer dans le bureau du magasinier en chef, échanger le beau costume bleu à fines rayures grises et la chemise blanche contre l'uniforme grossier, délavé, avec ce vilain numéro sur la veste, les élégantes chaussures fines contre les bottes de travail. «*Quick man!*» grognent-ils encore et le détenu B126 prend le chemin du dôme puis du bloc cellulaire qui est son domicile depuis le 12 mars. Les muscles de son visage s'affaissent, ses épaules se courbent. Il commence à manquer d'air.

En descendant du fourgon, il avait pris une grande respiration de l'air nocturne de ce tendre mois de juin au bord de l'eau; là, dans la froide humidité des couloirs du pénitencier, sa gorge se resserre. L'odeur! Le premier jour, elle lui avait rappelé l'odeur d'école ou de couvent, odeur familière de renfermé et de craie. Puis il avait commencé à y discerner le remugle des murailles en brique, l'odeur des corps mal lavés, les relents des seaux hygiéniques et la puanteur fétide de leur contenu, le faux parfum des détergents bon marché utilisé pour le nettoyage des planchers, celui de la poudre à récurer Bon Ami avec laquelle il faut frotter chaque matin les petits bassins en cuivre dans lesquels on est censé se laver — eau froide seulement — alors qu'ils seraient trop petits pour laver le cul d'un nourrisson.

Voici sa cellule. La porte faite de barreaux en fer noir est ouverte. Le gardien attend qu'il passe le seuil, puis l'enferme à clé, à grosse clé. Le prisonnier reprend possession de son domicile exigu, de l'ameublement réglementaire. Au mur, une plaque de métal qu'il va abbattre pour en faire un lit. Lit misérable, grabat. Un matelas dur et mince, un oreiller de la même qualité, un drap rêche, une couverture qu'on dirait feutrée, comme on en met aux chevaux après une course. Une petite table rectangulaire, une planche pour des livres fixée au mur au-dessus du lit, sur laquelle il garde son encrier, son porte-plume, une feuille de papier pour le message mensuel à sa mère.

Déjà la cloche de la rotonde sonne, il doit être neuf heures, les ampoules électriques de vingt-cinq watts s'éteignent dans les cellules. À travers les barreaux passent la lumière du couloir, les injures qu'un détenu ose lancer au gardien qui fait sa ronde, suivies d'un tonitruant *«Shut up, you!»* Le gars dans la cellule voisine lâche un pet sonore, de l'autre côté quelqu'un crache. Des soupirs se font entendre, de sourds gémissements, des sanglots aussi.

Si le détenu étendait les deux bras, il pourrait toucher les murs des deux côtés de sa cellule, qui fait cinq pieds sur dix. Le petit soupirail en haut du mur, à gauche, laisse entrer un peu de la clarté de la lune. Entend-il le cri des mouettes du lac Ontario, le bruit des vaguelettes au pied de la grande muraille du pénitencier?

La nuit du 4 juin 1930 commence. Quelque six cent trente-neuf longues nuits à se défendre contre les bruits et les mauvais rêves, six cent trente-neuf journées monotones à vivre seul, et pourtant sans le moindre instant de vie privée.

Elle

Laurence dépérit. Il faudrait qu'elle retourne à la Henry's Shorthand School, après Noël peut-être; sa tante Bertha Saint-Pierre s'est renseignée, ça ne prendrait que deux mois pour obtenir le certificat. La tante et Joseph, son mari, n'ont pas d'enfant, ils pourraient prêter l'argent pour les droits de réinscription à celle qu'ils considèrent presque comme leur fille, mais Laurence ne veut même pas en entendre parler.

Non! Non! Et non! Elle donne la même réponse à tout ce qu'on lui propose. Elle ne peut pas retourner à l'école. Elle ne peut pas retourner en classe, elle ne peut pas retourner à Hawkesbury, même pas chez ses parents, ni à l'église, ni au salon de coiffure. Elle ne peut pas non plus se chercher un emploi, car, dit-elle, partout on la reconnaît comme celle qui a menti, qui a noirci la réputation d'un homme de renommée publique, qui a crié au viol alors qu'il ne s'agissait que de séduction, qui a faussement accusé un parlementaire. Elle est celle qui a cherché à obtenir des faveurs en courant les hommes, la délurée, la dévergondée, celle qui s'est laissé séduire, la fille légère qui a annoncé sans honte qu'elle avait eu des rapports sexuels, avec consentement ou pas, quelle était donc la différence?

Bertha a beau lui dire qu'elle a eu raison de porter plainte, que toute son histoire était vraie, absolument vraie, authentique et véritable, Laurence refuse de sortir. Si jamais on essaie de l'envoyer aux commissions ou d'y accompagner sa tante, elle se barricade dans sa chambre et refuse d'en sortir. Joseph ne trouve pas normal qu'une fille de dix-huit ans soit encore logée, nourrie et blanchie sans qu'elle fasse d'effort pour gagner quelques dollars. «De mon temps», commence-t-il à rechigner, mais sa femme lui demande tout de suite d'avoir un peu plus de patience. Il est vrai que Laurence aide parfois à faire le ménage et la cuisine mais, la plupart du temps, elle reste allongée dans sa chambre à ne rien faire. Elle ne lit même pas les journaux ou les magazines. Toute la journée, c'est la pénombre dans sa chambre aux rideaux tirés.

Si elle descend à la cuisine au moment des repas, c'est surtout pour éviter à sa tante de devoir les lui monter. Elle mange très peu: la moitié d'une pomme de terre cuite, quelques bouts de carotte, une bouchée de blanc de poulet, deux ou trois cuillerées de pouding au tapioca. En fin de semaine, quand Bertha sert son fameux gros bouilli, plat dont Joseph raffole, elle a du mal à finir le peu que sa tante lui met dans l'assiette.

— Elle est neurasthénique, dit Bertha, avide lectrice des revues féminines venant de France qui tentent d'expliquer les maux des femmes. Elle est déprimée. Ça lui passera.

Il y a des jours où le couple s'inquiète davantage. Laurence, qui a tenu tête à son adversaire et aux juristes, va-t-elle finir par craquer, sauter d'un pont ou d'un toit, se jeter devant une voiture, un tramway, un train ? Bertha et son mari craignent parfois le pire. Il faut faire quelque chose, mais quoi ?

Bertha en parle à Louise, en qui, comme cela arrive souvent entre femme et coiffeuse, elle a une confiance absolue. « Il faut qu'elle voyage », conseille Louise. Montréal ? Toronto ?

— Je ne peux pas prendre le train, répond Laurence, les passagers me reconnaîtront. Puis, la plupart seront des hommes, je ne veux pas…

— Tu pourrais te déguiser en veuve, suggère la tante, qui commence à en avoir assez. Vêtements et chapeau noirs, voilette…

Laurence trouve la plaisanterie peu drôle. Tout l'hiver durant, elle s'obstine à ne pas mettre le nez dehors.

— Elle est en deuil de son innocence, conclut Bertha.

LUI

Janvier 1931

— Il me semble que vous pourriez faire mieux que de coudre des sacs postaux ?

Le détenu B126 regarde ses doigts. Ceux de la main droite sont enflés, surtout l'index, qui doit pousser la grosse aiguille à travers la toile à bâches, fabriquée à Biddeford dans le Maine selon l'étiquette collée dans un coin de ce maudit tissu. Souvent, l'autre bout de l'aiguille, celui du chas, s'enfonce dans la chair de la phalangette malgré le dé en cuir protecteur — invention intelligente mais imparfaite d'un détenu inconnu. Dire qu'au moment du dernier procès un des journalistes avait souligné que les mains de l'accusé ne montraient pas encore les traces du travail manuel !

— Vous êtes d'accord avec moi ?

— Oui, monsieur.

— Très bien.

Faire mieux. Un court instant, le B126 se revoit dans une autre vie, à la Chambre des communes, à

Ottawa. Il ne savait même pas alors que des détenus cousaient, jour après jour, des sacs postaux, des tentes ou encore des sacs à eau pour les militaires et les pompiers.

— J'ai pensé vous mettre à la cordonnerie, continue le sous-directeur chargé de placer les détenus dans les différents ateliers. D'abord au ressemelage, puis, après quelques semaines, à la confection si possible. À condition, évidemment, que le chef de l'atelier des sacs postaux veuille bien vous laisser partir.

Celui-ci déclare à contrecœur :

— C'est comme vous voulez, monsieur le directeur.

Le B126 accepte la chose d'un hochement de tête, même si personne ne lui a vraiment demandé son avis. Il serait fou de protester, la fabrication des sacs postaux est le travail le plus dur infligé aux détenus.

— D'accord, monsieur.

— Et peut-être pourriez-vous donner un cours de français, une fois par semaine ?

— Certainement, monsieur.

Le surveillant de l'atelier des sacs postaux toussote. Le B126 va devenir professeur ? *What next ?*

Le B126 continue à réfléchir. Comment peut-on être directeur, sous-directeur ou gardien de prison ? Passer toutes ses heures de travail dans une prison, condamné à y vivre enfermé avec les détenus, les exclus de la société ? Le directeur en chef, le *warden*, est logé dans une maison comme il faut, juste en face de la porte à piliers, en haut d'une petite colline. Le bruit court que sa femme en a eu assez de voir la prison de la fenêtre de son salon. L'automne dernier, elle a fait planter des arbres au bord de la rue, des châtaigniers. Ça a du sens, ça mettra du vert sur les murailles grises.

— Vous commencerez lundi prochain à la cordonnerie. Puis je vous parlerai du cours de français. Vous êtes qualifié, je le sais.

— Merci encore, monsieur. J'apprécie le changement.

L'assistant du directeur part, fier d'avoir fait sa bonne action du jour.

Le B126 lance un regard vers le surveillant de l'atelier des sacs postaux. Il le déteste, ce type jamais satisfait, cruel, qui rit du malheur des autres. De sa chaise haute, il dirige les opérations, frappe son grand triangle en fer d'une baguette, en fer aussi, dès que les conversations deviennent trop fortes, que le travail n'avance pas assez vite, qu'un détenu lâche un *fuck!* ou un *shit!* parce qu'il s'est blessé.

— Hé, le 126, non, B126, excusez-moi! Monsieur va nous quitter à la fin de la semaine, mais d'ici là, monsieur de mes couilles, je vais te surveiller de près. Si jamais tu casses une autre aiguille, je te signalerai pour sabotage. On pourra inspecter ta cellule. À savoir ce que tu en fais de ces aiguilles cassées…

Le détenu se penche sur son travail, sa main droite tremble, il transpire, il a besoin d'aller aux toilettes, mais ce n'est pas le moment, s'il en demande la permission, le surveillant…

— *Sir! I need to step out.*

— *Again… What's the matter with you? We better put you on bread and water for two or three days…*

Go to your cell with the runner avant de nous lâcher ça icitte…

Accompagné d'un gardien, le B126 se dirige vers sa cellule, dans laquelle il devra rester jusqu'à ce que le régime *bread and water* soit terminé et où il craindra sans cesse que la menace d'une inspection de sa demeure ne devienne réalité. Ici, il est facile d'accuser un prisonnier d'avoir collectionné des aiguilles cassées, du fil, de la poudre à récurer, du tabac, de l'encre, des clous, des bouts de verre ou de n'importe quoi pour en faire on ne sait quoi, mais que, de toute façon, aucun détenu n'a le droit de collectionner. Terreur. Terreur de l'inconnu, d'un règlement jamais appris, terreur du châtiment et, terreur suprême, celle de sa propre impuissance.

Elle

Mars 1931

En ouvrant les yeux ce matin, Laurence a vu qu'il faisait beau. Quelques minuscules grains de poussière dansaient dans les rayons de soleil qui se frayaient un chemin à travers les rideaux tirés. Que faisait-elle donc là, couchée dans son lit par ce clair matin de printemps?

Pourquoi s'est-elle isolée ainsi? Un homme l'a agressée, lui a fait violence. Il a été jugé, on l'a mis en prison, il paie pour son méfait. C'est lui qui a commis le crime, c'est lui le malfaiteur. Elle? La victime du crime? Au lieu de la dédommager, la justice l'a renvoyée chez elle pour qu'elle disparaisse, devienne invisible.

On dirait qu'elle aussi a voulu se punir. Elle s'est cachée comme se cachent les lépreux. Comme une infirme, comme un aveugle ou un paralytique, elle est restée enfermée chez elle. Mais de quoi se punissait-elle? Pour se séquestrer ainsi, elle a dû être folle, folle de peur que d'autres l'assaillent et qu'elle n'ait plus la force de se défendre. Son énergie ayant été sapée par les longs procès, elle a continué d'exister, mais sans joie.

«Ça suffit! se dit la jeune fille ce matin, alors que le soleil envahit sa chambre. Il faut que ça change. Il faut que je me lève, que je m'habille, me reprenne en main, que je travaille, que je fasse des progrès.» Elle descend à la cuisine, embrasse sa tante, lui dit qu'elle en a assez de ne rien faire, qu'à partir d'aujourd'hui, les choses vont changer. Et voilà. Laurence renaît.

Tout d'abord, elle prend la décision de changer de prénom; elle prendra celui de sa mère. Elle s'appellera Claire Martel et elle ira vivre ailleurs. Bien sûr, elle découvre dans les jours qui suivent que ce n'est pas si simple; il y a une demande à faire, des formulaires à remplir, mais cela ne l'effraie pas, elle s'y connaît dans le monde des avocats et des cours. Il y a aussi une petite somme à payer; c'est l'oncle Joseph, vendeur des produits de la Bread Company of Canada Limited, qui s'en charge gentiment. Quand, quelques semaines plus tard, tout est fait, elle est heureuse; on dirait que son nouveau prénom lui donne des ailes. Comme une gamine prête à quitter l'école, elle s'exerce à le tracer:

Claire Martel, Claire Martel,
Claire Martel, Claire Martel, Claire Martel…

⁜

Hair Salon, 11, rue Inkerman, Toronto. À une demi-heure de marche de la gare Union. Claire respire l'air de la grande ville anglophone où, tante Bertha l'en a convaincue, personne ne la reconnaîtra. La mère de Louise l'attend, l'hébergera pendant quelques jours, l'aidera à trouver un travail et une chambre, ne lui posera pas de question. Selon sa fille, cette femme ne lit dans les journaux que les gros titres et les petites annonces, n'écoute pas les nouvelles à la radio. À part sa Louise, rien de ce qui se passe à Ottawa ou ailleurs dans le monde ne la préoccupe.

Claire avait pensé déménager à Montréal, mais sa tante lui a rappelé les comptes rendus des procès dans *Le Devoir, La Presse,* le peu de distance entre Ottawa et la métropole. Non, il fallait faire un pas plus grand, se réfugier dans un monde inconnu. New York? Winnipeg? Vancouver? C'est Louise qui, alors qu'elle donnait aux épais cheveux de Claire une belle coupe coiffante, avait songé à Toronto, au monde des affaires de cette ville, où quelqu'un devait bien avoir besoin d'une sténodactylo énergique. Sa mère, Jeanne, avait-elle confié à Claire sous le sceau du silence absolu, avait quitté Montréal quand elle s'était trouvée enceinte. Coiffeuse elle aussi, elle aimait vivre et travailler à Toronto et n'avait jamais regretté d'avoir mis son enfant au monde en anglais.

Les parents de Claire avaient retiré cent dollars de leur carnet d'épargne, la mère en avait eu les larmes aux yeux, le père avait murmuré quelque chose au sujet d'heures supplémentaires qu'il allait chercher.

La tante et son mari lui avaient fait cadeau d'une valise et d'une paire de souliers de marche.

— Tu n'iras pas danser, avait enjoint Bertha, tu courras le quartier des affaires pour commencer.

Voilà la rue Inkerman, à l'ouest de la rue Yonge, à l'est de la rue Bay. Claire voit le Hair Salon, le salon de coiffure de Jeanne Dubé, avec, au deuxième, son appartement. La vie de Claire Martel reprend. Ce soir, en compagnie de Jeanne, elle épluchera les petites annonces du *Evening Telegram*.

Lui

Le détenu B126 fait un cauchemar. C'est toujours le même, ou à peu près: dans la Chambre des communes, des députés crient, s'insultent, analysent les fautes et défauts de leurs collègues. Les propos ne sont pas toujours clairs, la rhétorique laisse à désirer. Quant aux problèmes qui préoccupent la société, ces hommes proposent des solutions qui tiennent de la fantasmagorie.

Dans le rêve de cette nuit particulière, le débat tourne autour de l'avenir des gens qui sortent de prison. Mademoiselle Agnes Macphail a réuni à la Chambre des communes quelques députés et tous les juges de la triste affaire Auger, ceux des procès et ceux des appels. Que va-t-il devenir après sa libération, le 5 mars 1932? Voilà la question.

— Ce gars, dit le député conservateur de Lethbridge, je ne sais pas, mais il me semble qu'il représente un grand danger pour les jeunes filles de notre beau pays. Il faudrait lui interdire tout contact avec…

— Mais non, réplique Agnes Macphail, on ne peut pas continuer à le punir. Il aura payé sa dette. Vous ne vous rendez pas compte, messieurs, deux ans de prison, c'est la peine maximale. Vous aimeriez passer deux ans au pénitencier de Kingston?

— Je ne sais pas, dit le juge Wright, et de toute façon c'est une question ridicule, il n'y a pas d'autre terme. Nous ne sommes pas des criminels, nous! Aucun de nous n'a jamais été incarcéré.

— Ce qu'il lui faut à sa sortie, continue imperturbablement mademoiselle Macphail, qui a l'habitude de se faire rabrouer, c'est un groupe, quelques personnes qui l'appuieront, lui trouveront une chambre, un travail.

— Moi, dit le député de Hawkesbury, je ne sais pas...

— Expliquez-moi donc, demande mademoiselle Macphail, pourquoi vous, vous les hommes, commencez si souvent vos interventions par: «Je ne sais pas»?

Le représentant de Hawkesbury se met à crier:

— Voyons, mademoiselle, vous m'avez interrompu! Vous, les femmes, vous avez cette mauvaise habitude. Puis, ce n'est pas la seule, vous en avez d'autres! Vous interrompez les gens, vous ne les écoutez pas. Vous leur dites ce qu'il convient de faire. Que je vous le dise, moi, personne à Hawkesbury n'a envie de revoir ce monsieur.

— En ce qui concerne les jeunes filles, renchérit le député de Lethbridge, au fond c'est à leurs parents de les protéger. Une jeune fille, quand elle a l'âge de se marier, il faut la garder à la maison, comme on le fait avec les chiennes en chaleur, qu'on garde à l'intérieur jusqu'à ce que ça leur passe. Enfin, je veux dire, *you know what I mean,* excusez, ce que je sais c'est que nous, les hommes, nous avons besoin de sortir, de gagner de quoi nourrir la famille. On ne va quand même pas garder les chiens mâles enfermés jusqu'à ce que ça passe aux femelles.

— Que viennent faire les chiens dans cette affaire? demande le juge Wright. Il ne faudrait surtout pas oublier qu'Auger est francophone.

Agnes Macphail s'énerve devant le rapprochement des filles et des animaux domestiques, puis elle ajoute:

— Le fait qu'il soit francophone...

— ...Entre parenthèses, continue le juge Wright, le barreau du Haut-Canada vient de rayer l'individu de la liste des étudiants en droit, candidats admissibles. Ça lui apprendra. Il s'en est tiré avec deux ans d'emprisonnement. Moi, je lui en avais prescrit neuf, et ce n'était pas de trop.

— C'est vous qui m'avez interrompue, précise mademoiselle Macphail, et le fait qu'il soit francophone n'a rien à voir avec son crime.

— Ho! dit le monsieur de Lethbridge, on raconte que les Français...

— Balivernes, l'interrompt son collègue de Hawkesbury, chez nous, à Hawkesbury...

— Son père a vendu l'épicerie, annonce mademoiselle Macphail, lui et sa femme vivent sur leur ferme, à L'Orignal. J'imagine qu'Auger va y aller, lui aussi, qu'il pourra y être tranquille.

— C'est ça, dit le juge Magee, il s'occupera des vaches. Il leur parlera en français.

— Ils en ont une seulement, l'informe mademoiselle Macphail.

— Mes compliments, mademoiselle, vous êtes au courant de tout, dit le juge Kelly. Moi, après l'acquittement...

— Quel acquittement? ricane le juge Daly. Les deux ans à Kingston que je lui ai collés, ça a dû lui couper l'appétit de courir après les femmes.

— Coureur de jupons! crie le Lethbridgeois.

— Qui, moi?

Le juge Daly se fâche.

— Mais non. Je parle du séducteur.

Agnes Macphail se lance dans un discours. Elle affirme qu'elle ira voir le détenu au pénitencier:

— Il me dira alors comment on traite les prisonniers dans cette institution, il me donnera des arguments qui me permettront de continuer à réclamer la constitution d'une commission royale sur la vie en prison, sur les injustices, les punitions, l'anéantissement du courage, la destruction des personnalités, le manque de lumière et d'air frais.

C'est alors que le B126 se réveille en toussant péniblement.

— *Shut up!* gueule son voisin de gauche, celui qui souffre d'excès de gaz.

— *Schnauze halten!* traduit celui de droite, le vieux Bohner, un Allemand qui, dit-on, a tué sa femme.

Il est six heures moins quart. La cloche de la rotonde sonne. Le gardien de service racle ses clés le long des barreaux des cellules, histoire de réveiller ceux qui se berceraient encore, bienheureux dans les bras de Morphée.

⁜

Une autre journée commence. Il faut faire vite. On a quinze minutes pour faire ses besoins, se laver les mains, les dents et la figure, plier le drap et la couverture, enlever le pyjama et le plier, mettre l'uniforme, les grosses chaussettes et les bottes, être prêt pour pousser la grille vers l'extérieur dès que le gardien aura activé le mécanisme. Un retard éliminerait le petit-déjeuner — gruau, sirop, pain sec et thé sans lait —, le B126 en a fait l'expérience. Il faut se mettre en file, avancer vers la cuisine — *«Quick, men!»* —, repartir au pas de gymnastique vers sa cellule sans rien faire tomber — clic! font six cents serrures, clac! font les grilles — pour y manger seul et dans le silence réglementaire. Le rituel est le même pour les autres repas.

Le gouvernement paie dix-neuf cents par jour la nourriture de chaque détenu, ni plus ni moins. Signe du progrès, les assiettes en émail bleu et blanc dans lesquelles on mettait autrefois tout ensemble, dans un tas, ont été remplacées par des plateaux à compartiments. Il est devenu possible de distinguer entre viande hachée et purée, légume et salade. S'il y a un biscuit comme dessert, il n'est pas imprégné de sauce tomate ou béchamel. Chaque détenu a sa fourchette aux dents raccourcies pour éviter attaques et suicides, sa cuillère à soupe; il n'a pas de couteau. Quand il y a un morceau de viande, il n'a qu'à y piquer la fourchette, ou alors à le prendre avec les doigts, mordre dedans, arracher des bouchées. Les couverts et les plateaux sont lavés, astiqués et conservés dans les cellules.

Une fois par semaine, la douche. La taie d'oreiller lavée tous les quinze jours, le drap aussi; les sous-vêtements et la serviette de toilette une fois par semaine. Une fois par semaine, un livre. Deux fois par semaine, un magazine. Il y en a cent soixante par mois pour sept cents détenus. Et les quatorze mille livres, à la bibliothèque, sont pour la plupart des livres de mathématiques et de grammaire, des centaines d'exemplaires d'un même manuel pour les dix pour cent des détenus qui profitent des trente-cinq minutes de cours par jour.

Le pire, c'est la peur. Peur de la violence telle que la vivent, dehors, seulement les femmes battues et les enfants maltraités. Ici, à l'intérieur de la prison, loin du monde, règne la peur par excellence: celle des punitions. Chaque gardien a un cahier dans lequel il note les infractions commises, les punitions infligées: dix jours sans matelas, à dormir couché, frigorifié, sur la plaque de métal rabattue. Deux semaines sans tabac. Chaînes. Isolement. Vingt coups de férule à appliquer sur le derrière du détenu couché sur le ventre, attaché à une table.

Il est presque impossible de ne pas être puni; la cour du directeur siège une fois par semaine et jamais en vain.

— Quoi, tu as écrit une lettre de deux pages à ta mère? Au crayon? Tu ne sais pas lire? Tu n'as pas lu le règlement? C'est à l'encre qu'on écrit ici. Quoi? Tu n'avais plus d'encre? Fallait te faire remplir l'encrier quand c'était le moment. Le règlement permet une lettre d'une page par mois, m'entends-tu, une page écrite à l'encre. Paf! Pas de lettre à écrire le mois prochain.

— Qu'est-ce que c'est, cette coupure de journal dans ta taie d'oreiller? Il est défendu d'avoir de la documentation non contrôlée! Pas de bibliothèque pendant deux semaines.

— Hé, réveille-toi! Tu ne sais pas qu'il faut dormir la tête vers le couloir? T'auras les mains enchaînées aux barreaux de ta porte pendant trois nuits! Ça t'apprendra à faire le difficile…

❖

Dix-sept heures, repas du soir, seul dans la cellule. De dix-huit heures à vingt-et-une heures, silence absolu. Puis la cloche sonne. «*Lights out!*» Silence encore. De neuf heures du soir à six heures du matin — sept heures le dimanche matin —, ça fait soixante-quatre heures nocturnes par semaine, presque la moitié des heures de la semaine sans parler; il y a de quoi perdre la parole.

ELLE

Le 5 avril 1931

Claire n'aime pas repasser. Autrefois, sa mère le faisait pour elle, puis sa tante Bertha. À Toronto, Jeanne garde la planche à repasser dans le couloir, debout, toujours prête. Comme ça, le matin, elle branche bien vite le fer et le glisse par-dessus les vêtements de sa journée : culotte, soutien-gorge, chemisier, jupe, gilet. Elle aime le lin et ça froisse. Tout compte fait, dit-elle, elle veut bien héberger Claire pendant quelque temps, mais son hospitalité n'inclut pas le repassage quotidien.

— N'oublie pas de débrancher le fer, dit-elle à Claire, qui a des entrevues aujourd'hui. Tu vas mettre ta robe bleue avec le petit col blanc en piqué ? C'est bien. T'auras l'air sérieuse et mignonne en même temps. Tu devrais repasser la jupe à la pattemouille.

Trois entrevues. Un bureau de comptables cherche une jeune femme pour travaux de secrétariat. Une compagnie d'assurances cherche un commis aux écritures. Une annonce parle d'un poste de sténodactylo pour un chef de bureau au grand magasin Eaton's. Claire repasse la robe, le col et aussi un beau mouchoir. On ne sait jamais: une question sur son passé comme «Mademoiselle, pourquoi êtes-vous venue vivre à Toronto?» et elle risque de se mettre à pleurer.

Claire récapitule les renseignements qu'elle a sur ces possibles emplois. Hier, la dame au téléphone, la première, avait été gentille, sa voix semblait indiquer que oui, vraiment, il y avait un poste de libre. L'autre, celle de chez Eaton's, lui avait fait entendre qu'il y avait beaucoup de postulantes, qu'il fallait que Claire se dépêche. La troisième, avec sa voix fatiguée, avait été brève.

Le chef comptable la trouve trop jeune. Elle se cherche un mari, se dit-il. Le soir, elle sera la première à partir, le matin elle arrivera en retard. «Mon réveil n'a pas sonné», dira-t-elle. De toute façon, elle ne restera pas plus de trois mois. Inutile de lui apprendre ce qu'il y a à faire ici. Il nous faut une secrétaire plus mature, tant pis si elle n'est pas si agréable à voir que cette jeune postulante.

— Bonne journée, mademoiselle, lui dit-il avant de la raccompagner poliment à la porte.

La compagnie d'assurances est installée dans l'est de la ville, dans un bâtiment délabré de la rue Front. Il faut d'abord prendre un ascenseur à marchandises, puis marcher dans de longs couloirs dont le plancher est couvert de linoléum grisâtre, moucheté de rouge et de blanc. Non, Claire n'a pas envie de s'enfermer dans les misérables bureaux de la Loyalist Reliance Insurance Company. À travailler là, on doit se mettre à craindre tous les maux possibles et imaginables et vouloir s'assurer contre tout et à tout prix.

Par contre, le grand magasin Eaton's lui plaît avec ses différents étages accessibles par tapis roulant, ses étalages, les vendeuses au sourire éblouissant! Tout cela respire l'élégance, la modernité. La jeune femme se voit déjà en train de magasiner à l'heure du lunch.

Cependant, le chef de bureau lui fait peur. Non seulement il ressemble à Louis Mathias Auger, mais il en a aussi les manières. Sa façon de la regarder, sa voix condescendante, mais surtout ses yeux qu'il pose longuement sur les seins de la candidate avant de lui dicter un paragraphe — «...pour voir si nous nous comprenons, mademoiselle...» — Non, jamais Claire ne travaillera pour ce monsieur.

Une semaine plus tard, elle trouve un poste dans un bureau d'écriture, sur la rue Yonge, à cinq minutes de chez Jeanne, qui entre-temps a décidé de lui louer la chambre du fond avec vue sur un mur en brique en partie caché par un arbre au feuillage admirable. Meublée, la chambre. Un lit, un placard pour les vêtements, une commode, une table de nuit. Claire trouve des draps à soixante-sept cents, une couverture de laine pour un dollar, un joli petit tapis belge pour six dollars. Tout va bien.

Pour commencer, en compagnie des autres onze employées qui font courir leurs doigts sur le clavier des Underwood, des Remington et des Mercedes, elle tape des adresses. Mille adresses pour trois dollars. Claire s'est donné pour but d'en taper mille cinq cents par jour: en neuf heures, ça doit être possible. Et le chef de bureau, monsieur Moore, lui a promis que, si elle se montre capable, efficace et ponctuelle,

elle montera en grade, tapera des lettres, des rapports, peut-être même des manuscrits d'œuvres littéraires.

En attendant, quatre dollars cinquante par jour, cinq jours par semaine, égale vingt-deux dollars cinquante, donc quatre-vingt-dix par mois. Quinze dollars pour la chambre, trente pour la nourriture, il lui restera la moitié de son revenu pour s'habiller et se divertir, pour se constituer un petit capital, une réserve. Fille intelligente et prudente, Claire se dit que le bureau d'écriture risque de rester fermé parfois pour une journée, faute de commandes, qu'il y aura des retenus sur sa paie, qu'une visite chez le dentiste, à un dollar le plombage, pourra s'avérer nécessaire… Mais ça ira. La vie s'annonce belle.

LUI

Le B126 continue son apprentissage : à l'aide d'une pince, il arrache d'un vieux soulier la semelle qu'on appelle la semelle d'usure. «Chaque métier a son vocabulaire», dit le patron, enfin, le cordonnier en chef de l'équipe des cordonniers du pénitencier de Kingston, qui avait été directeur d'école avant de se lancer dans de malencontreux détournements de fonds.

Frotter la semelle intercalaire avec une râpe en métal pour enlever les restes de la vieille colle. Avec un gros pinceau y mettre la nouvelle, qui, ayant été chauffée pour être plus facile à appliquer, sent très mauvais. Le soulier, qui a appartenu on ne sait à qui, pue lui aussi. Prendre la semelle neuve découpée par le patron, qui a montré au B126 comment on fait pour ne pas gaspiller des bouts de cuir. L'enduire de colle. La placer comme il faut. Mettre le soulier prudemment, sans l'écraser, dans la presse.

— Après, je te montrerai comment faire pour le

talon. T'en fais pas, tu apprendras vite. T'en as pour combien de temps encore?

— Seize mois.

— Ça passera. C'est rien. Pense à ceux qui sont ici pour cinq, dix, quinze ans. Il y en a qui ne sortiront jamais. En prison pour toujours! Toi, dans trois mois, tu seras presque maître cordonnier! Un an plus tard, tu sortiras. En attendant, il faut pas penser à ce que font les autres, dehors, ne pas se dire: «Il est cinq heures, ils vont bientôt souper.» Faut vivre selon ce qui se passe ici. On se lève tôt, on se couche tôt. Tu veux t'évader? Te creuse pas la cervelle pour rien, tu sais parfaitement bien qu'il n'y a pas moyen de partir d'ici sur sa propre initiative. Donc, oublie-moi ça. Va à la bibliothèque, prends un livre, lis. N'importe quel livre. Si tu ne l'aimes pas, tu vas t'endormir et ça te fera du bien. S'il t'intéresse, tu t'envoleras en pensée, loin de ta cellule. De plus, à la bibliothèque, tu rencontreras d'autres gars comme toi.

Des gars qui ont fait des études, puis des erreurs. Des fautes. Vols. Séduction. Viols. Meurtres. Des gars qui voudraient oublier les pourquoi et les comment du crime, les injustices des procès. Des gars qui n'ont plus de famille, plus d'amis. Des misérables. Enfermés. Comme ce cordonnier qui si gentiment fait la leçon à son apprenti.

❖

Septembre 1931

Dimanche. La cloche du réveil n'a pas encore sonné, mais le B126 a les yeux ouverts. La journée sans travail paraît toujours plus longue que les autres. Le B126 réfléchit à ce qu'il pourrait faire. Écrire à sa mère? Elle ne répond jamais, on dirait qu'elle l'a condamné, elle aussi. Oublié peut-être. Pourtant, la famille avait toujours cru que c'était lui, le préféré.

Soudain — qu'est-ce que c'est? —, il voit quelque chose qui bouge sous la tablette au-dessus de la table. Qu'est-ce donc? Il est difficile de s'approcher de la chose sans la déranger. Eurêka! Entre la planche et le mur, une petite araignée a tissé sa toile dans l'espoir d'y piéger des proies volantes.

Un être vivant dans sa cellule. Ravi, le B126 analyse la situation comme il analysait autrefois, au collège, des problèmes de mathématiques. Premièrement, il faut aller à la chasse, essayer d'attraper un moustique, un moucheron, une petite mouche, il doit bien y en avoir quelque part. Puis, il faudra trouver le moyen de lancer l'insecte captif vers le filet gluant. Un élastique pourrait-il servir de *sling-shot*? Ou bien suffirait-il de souffler à juste mesure sur l'insecte bien placé sur l'index pour l'envoyer vers son sort? Et, question importante, peut-on apprivoiser une araignée? en devenir l'ami? le père nourricier et protecteur?

La cloche sonne. Debout, les détenus. *« Quick, men. Get ready. Get ready for chapel. »* C'est le jour des pantoufles, il est interdit d'entrer dans la chapelle en bottes de travail, qui égratigneraient le sol en marbre. Le B126 se prépare, remet son lit en métal contre le mur, entend déjà les pas du gardien, dirige encore un rapide coup d'œil vers l'animal avec lequel il va dorénavant partager sa cellule, lui jette un « À tantôt, ma cocotte. »

Comme s'il l'avait photographiée, l'araignée reste fixée sur sa rétine pendant le culte religieux. Il la revoit, si noire, si petite dans ce coin dont elle a fait son refuge; enfin, refuge et piège, tout comme sa cellule à lui, qui, dans un sens, lui sert d'abri mais qui est piège aussi puisque la moindre infraction aux règlements peut lui apporter la misère. La cuvette mal astiquée, le drap mal plié, les chaussures mal alignées, tout est piège, tout peut provoquer la colère du gardien du jour.

De retour dans sa cellule, avec dans ses mains le plateau du dîner, il se demande si une araignée peut se nourrir de pain sec. Soudain, voilà un moucheron survolant son pain. Merveille! Et de quelle dextérité le B126 fait-il preuve tout à coup: une goutte de sirop sur le pain, patience, attendons voir s'il va s'y poser. Non. Oui. Le voilà pris, collé, il ne peut plus se sauver. Le B126 se met à genoux pour placer délicatement son offrande innocente dans la toile fragile. Réussira-t-il? L'araignée lui fera-t-elle confiance? En tout cas, à l'heure du souper, le moucheron a disparu, l'araignée semble dormir, rassasiée.

Le B126 est heureux. Il possède un animal de compagnie dont il se sent responsable, dont le bien-être lui importe. Il a l'impression que l'araignée, à qui il donne toutes sortes de noms — mon petit, mon chou, ma chérie, mon cœur et ma chère — est consciente des soins qu'il lui prodigue, les attend comme nous attendons ce qui nous est dû.

Un jour, évidemment, l'idylle doit se terminer. L'inspection de la cellule révèle l'existence de la toile d'araignée, contraire aux règlements. Le B126 se fait engueuler, accuser de manque de propreté, de paresse, doit laver sa cellule, murs, plafond, plancher et meubles à l'eau javellisée. Il en pleurerait. Si seulement il savait que sa copine a pu se sauver, qu'elle ne s'est pas fait tuer dans cette avalanche vengeresse. Il ne trouve pas de trace de son amie, ne la revoit jamais.

Elle

Depuis sa plus petite enfance, Claire connaît la valeur et l'importance de l'argent. Sa mère gardait l'argent du ménage dans une cassette en métal rouge et noire. Souvent, Claire la voyait sortir des billets et des pièces de monnaie de cette boîte, les compter, puis prendre un crayon et faire des calculs mystérieux sur des bouts de papier.

— Il faut faire attention à l'argent, disait-elle à sa fille, ça ne pousse pas sur les arbres.

Et Claire fait attention, calcule, tient compte des prix, se fait des listes de ce qu'elle veut acheter pour manger et de ce que cela va coûter, de ce qu'elle peut se permettre comme vêtements et sorties. Un imperméable coûte deux dollars cinquante, une paire de bas de soie, soixante-quinze sous; en cherchant bien, on trouve des chaussures à un dollar la paire. Une boîte de poudre Coty revient à un dollar cinquante mais lui fera longtemps, au moins trois mois. Le porc est la viande la moins chère, vingt cents la livre. Le steak, à vingt-neuf cents, est pour les grandes occasions.

Elle se passionne pour le cinéma — une heure et demie de plaisir pour vingt cents, ce n'est pas cher. Le samedi, elle prend le lunch avec des collègues au Nodelman's, avenue Spadina, puis elles vont au Standard ou bien au cinéma Mary Pickford. Joan Crawford, Jean Harlow, Clark Gable, Jeanette MacDonald et Nelson Eddy sont leurs héros. Les films sont beaux, la vie est belle. Claire travaille et s'amuse.

Sur Spadina, les vêtements se vendent meilleur marché que sur la rue Yonge. Un jour qu'elle admire une robe dans la grande vitrine du House of Stouts, elle découvre juste à côté, au 184 Spadina, la Workers Sports Association. Pour un dollar, elle y est inscrite. Elle fera du sport. Elle aura des muscles. Elle deviendra forte, agile, personne ne pourra lui faire de mal.

Elle commence par la gymnastique, deux fois par semaine. Elle n'a jamais pratiqué de sport, n'a jamais connu personne qui en faisait. Elle y prend goût ; elle se sent bien, le sport lui devient chose naturelle. Elle devient membre de l'équipe féminine de balle molle. Après la pratique du jeudi soir, elle va avec deux ou trois de ses coéquipières au Canadian National Exhibition, y apprend le tir à l'arc. Bientôt, elle participe à des compétitions, gagne un prix, puis un autre. Lentement, sa chambre s'orne de rubans et de trophées. Elle préfère les compétitions sportives aux compétitions de dactylographie, qui se font aussi au CNE. Elle rit de George Hossfield, huit fois champion du monde et huit fois gagnant de la course à la machine à écrire. «Un homme, dit-elle, qui ne saurait même pas courir sur ses pieds!»

Elle rêve de s'acheter une bicyclette, une moto peut-être. Quand elle pense à Auger, celui-ci s'éloigne, rapetisse, disparaît à l'horizon.

LUI

Presque tous les jours, mais surtout le samedi, après le souper, la bibliothèque devient un centre intellectuel. Une fois satisfaites les demandes des détenus à la recherche de lectures simples et divertissantes, que le dernier de ce groupe a disparu avec sa dose hebdomadaire, le D749, autrefois médecin devenu détenu-bibliothécaire, regarde autour de lui, allume tranquillement sa pipe :

— Et alors, dit-il, *what's new? And what do you want to read?*

Le B126 et le A429 sont à la recherche de livres historiques. Le D749 les aide à trouver ce qui pourrait les intéresser. Le A429 prend un livre pacifiste, *All Quiet on the Western Front/Im Westen nichts neues/ À l'Ouest, rien de nouveau,* par l'auteur allemand Erich Maria Remarque, publié en 1929, en anglais, par McClelland, à Toronto.

— Choix excellent, dit le D749, je regrette de ne pas pouvoir te le prêter en allemand.

Le B126 lira un essai d'Errol Bouchette, avocat et

économiste montréalais, sur *L'indépendance économique du Canada français*. Une phrase dans ce livre l'a frappé: «Nos compatriotes de la province de Québec ne sont pas moins aptes à l'industrie que les autres races du continent et, bien instruits et bien dirigés, ils obtiendront des résultats qui étonneront tout le monde.» Le B126 rêve-t-il toujours d'une carrière politique? Le D749 se passe de commentaire.

Puis, les trois amis passent à une petite leçon d'allemand selon un programme excentrique toujours improvisé. Ce soir, le A429, ancien social-démocrate condamné à vie pour avoir tué sa femme, leur apprend à formuler de courtes phrases. Le B126 doit conjuguer le verbe *haben,* avoir, au présent en y ajoutant des substantifs. Il commence:

— *Ich habe Hunger. Du hast Durst. Er hat Zeit. Sie hat Sehnsucht...* Elle languit de revoir son amoureux.

— Ah, dit le A429, elle est belle, ta phrase. Et qui n'aurait pas envie de revoir la personne aimée? Mais attention, dans ce cas, il faut prononcer le *ch* comme si tu voulais te débarrasser d'une arête coincée dans ta gorge.

Il en fait la démonstration.

— Oswald, mon bien-aimé bibliothécaire, dit-il ensuite, tu feras le verbe *sein,* être, et tu ajouteras des adjectifs.

— *Ich bin verrückt, du bist dumm und er ist gemein,* entonne le D749.

Grande joie au sujet du mot *gemein,* qui a plusieurs significations, comme ordinaire, vulgaire, méchant, sale, vache et infâme. *Der Wachtmeister ist gemein,* écrit le A429 au tableau en prononçant bien le *ch* et le D749, qui est bon caricaturiste, y dessine vite le portrait d'un gardien que tout le monde déteste.

— Raconte-nous ton histoire, demandent les élèves, et le professeur leur conte pour la énième fois pourquoi il est au pénitencier, comment sa femme est morte et lui détenu à perpétuité, alors qu'ils avaient été si heureux.

— Elle m'avait mis en rage avec son idée de rentrer en Allemagne, en 1927, pour y soutenir les nazis. Mais de là à vouloir la tuer? *Es war ein Unfall,* je le jure, *ein Unfall, ja...*

Un accident, oui, il avait pu en convaincre la cour et éviter ainsi la pendaison. La prison à perpétuité, était-ce préférable à la mort? On ne lui avait pas demandé son avis.

Ils engrangeaient le foin. Lui se trouvait en haut, Marthe en bas. Marthe le taquinait, lui disait en riant qu'ils allaient vendre la ferme canadienne, s'acheter un chalet en Bavière... Bohner ripostait, criant que Hitler était un fou dangereux, que lui, Gottlob Bohner de son bon nom chrétien — Gottlob voulant dire «Gloire à Dieu» —, ancien instituteur et social-démocrate, n'allait pas s'associer à ce type, ce charlatan de la politique... Elle riait, lui aussi riait, ils s'aimaient bien tous les deux, mais, tout à coup il avait perdu pied, perdu complètement l'équilibre. La fourche vide à la main, il avait chancelé, fait des pas maladroits dans cette montagne de foin, avait crié: «*Vorsicht!*» en tombant sur elle, qui riait encore alors qu'il l'avait transpercée de sa fourche rouillée. *Ein Unfall,* un accident...

Il fait une pause, soupire.

— Retournons à la grammaire, dit-il, elle est embêtante mais inoffensive. Et *der Wachtmeister ist ein Dummkopf.*

Tout le monde est d'accord. Tête de sot, le gardien.

❖

— Allez, avancez! Trois pieds de distance! Pas de bavardage! La marche, c'est un exercice sérieux! Vous le faites exprès d'oublier les règles?

Le gravier crisse sous les pas des détenus. Un, deux. Un, deux. Les hommes du bloc cellulaire trois tournent en rond autour de quelques plate-bandes. «Silence!» crie encore une fois le gardien de service, mais le B126 et le A429 sont maîtres dans l'art de converser sans que les lèvres bougent vraiment et sans que cela s'entende à plus de trois pieds de distance.

— Tu sais, ça va mal dehors, dit le A429.

— Il n'y a pas de travail. Des milliers d'hommes et de femmes ne savent comment gagner leur vie.

— Qu'est-ce que tu vas faire?

— Aller aux États, peut-être…

— J'ai dit «Silence»! gueule le surveillant.

— Je me parle à moi-même, répond le B126.

— Faut pas me prendre pour un con! gueule l'autre, plus fort encore.

— Monsieur, dit le A429, il fait si beau…

C'est vrai. Le soleil brille, la cour est presque jolie avec son gazon et les dahlias rouges et jaunes plantés par l'équipe des jardiniers. Dans un coin, le cuisinier a fait planter des fines herbes, persil, ciboulette, cerfeuil, estragon, sarriette et basilic. Le B126 les reconnaît à vue d'œil grâce à sa mère, qui l'envoyait souvent au jardin chercher de ces herbes. Il l'entend encore: «J'ai dit ciboulette, pas persil, Voyons donc, petit Louis…» Kingston-Hawkesbury, le jardin de sa mère, c'est loin, au moins deux cents milles.

— Silence! crie le gardien, et j'ai dit trois pieds!

Il fait la démonstration du règlement, sépare deux détenus trop proches l'un de l'autre.

— Dis, chuchote le B126 au A429, tu vas faire une demande de révision?

— Non. Où pourrais-je aller, à mon âge? Soixante-dix-huit ans! La ferme ne m'appartient plus, la banque l'a mise aux enchères. J'ai donné le peu d'argent qui me revenait à mes fils. Ils ont foutu le camp, chacun de son côté.

— Je ne savais pas que t'avais des fils, c'est bien.

— Sauf qu'ils croient eux aussi que je l'ai tuée, leur mère, alors…

— Ça vous fera une punition chacun! crie le gardien. J'en ai soupé de vos secrets!

— Ah non! gueule le A429 tout à coup. Moi, j'en ai plein le cul. Vous, les gardiens enfermés avec nous! *Scheisskerle, verdammte Schweinehunde!* Foutez-nous donc la paix avec vos règlements de merde! J'ai été jugé, je purge ma peine, mais qui vous autorise à me faire chier en plus?

Il s'emporte de plus en plus, répète les gros mots deux, trois fois, personne ne peut l'arrêter dans son discours, ses gestes furieux. Ses coups de pied dans le gravier soulèvent des nuages de poussière, deux gardiens l'attrapent, le traînent vers le trou, le *hole,* la cellule d'isolation du sous-sol, où il se calmera comme tous ceux qu'on y jette, dans l'obscurité et la puanteur humide du moisi. Son asthme s'y empirera sûrement, il attrapera une bronchite, un catarrhe, une pneumonie, la crève, quoi! Mais que faire? Toute résistance est inutile.

❖

Janvier 1932

Quatre heures du matin.

Branle-bas. La cloche de la rotonde sonne, des gardiens courent, crient des ordres. De derrière les barreaux, le B126 voit que la porte de la cellule à côté, celle du A429, est ouverte. Des gardiens s'affairent dans la cellule, crient qu'il faut un chariot. On en amène un et voici deux gardiens qui y déposent le vieux Bohner immobile. Mort! Il est mort! Pendu! Suicidé! Mort!

Le B126 hurle, il a mal et la seule façon d'exprimer ce mal dans une institution qui exige le silence, c'est de hurler. Il s'en fiche des gardiens qui le menacent de toutes les punitions possibles et imaginables, qui veulent à tout prix maintenir le calme pour pouvoir contrôler ce qui se passe, sans quoi ils deviendraient fous eux aussi, se mettraient à hurler avec les détenus, à cogner dans les murs, à taper des pieds, à pleurer de leur misère.

L'agitation gronde, prend du volume. Les gardiens ont beau répéter leur «*Silence!*» tonitruant, ils ne peuvent pas se faire entendre. Plateaux, gobelets en métal, fourchettes et cuillères deviennent instruments de musique, les couvercles des seaux hygiéniques frappent contre les barreaux des portes, le chariot avance le long du couloir, des applaudissements prennent du rythme, un rythme lent et solennel. Les détenus offrent un dernier hommage à leur camarade. Ils chantent son nom, chantent leur douleur, chantent un chant funèbre qui accompagnera le mort jusqu'à sa destination finale sur cette misérable terre, au cimetière de cette geôle colossale, construite sur les rives d'un immense lac comme pour rappeler aux voyageurs qui y passent que le paradis ne peut être terrestre.

Bohner a laissé une petite note pour ses deux élèves, l'a cachée dans le dernier livre emprunté à la bibliothèque en se disant que le gardien de service, le jour de sa mort, le rapportera et que le bibliothécaire y trouvera le message: «*Meine lieben Freunde, ich bin zu müde um weiterzuleben…*» Je suis trop fatigué pour continuer à vivre… Le D749 et le B126 lisent le triste message ensemble, les larmes aux yeux, quelques jours après la mort de leur camarade. Ils collent son billet d'adieu dans la seule grammaire allemande qui existe dans cette maudite bibliothèque, sûrs que les gardiens ne le trouveront jamais.

— Ah! nos leçons d'allemand, dit l'un, les merveilleux mots composés qu'on découvrait!

— *Dummkopf*, dit le B126.

— *Schreibtisch*, dit l'autre, qui justement est assis à un pupitre.

— *Weltanschauung.*

— *Leitmotiv.*

— *Gemeinheit...*

— C'est pas un mot composé, dit l'ancien parlementaire, mais, dis avec moi : *Der Herr...*

— *...Der Herr Wachtmeister ist gemein.*

— *Und ein Dummkopf.*

Ils rient. Cela leur fait du bien, mais bientôt le médecin-bibliothécaire redevient sérieux.

— Le mot dont je me souviens le mieux, dit-il, c'est *die Unfreiheit.*

— *Unfreiheit.*

Et, à répéter ce mot qui n'existe ni en français ni en anglais, ils se disent que le vieux a eu raison de se suicider, lui, condamné à perpétuité, lui, qui n'allait pas pouvoir s'évader autrement que par la mort de cet état terrible qu'est le manque total de liberté, *die Unfreiheit.*

— Deux mois encore, dit le B126.

— Trois ans pour moi, dit le D749.

Silence profond. Chacun, à sa façon, pense à celui qui les a quittés et au jour futur où la grande porte du pénitencier s'ouvrira pour eux.

— Tu sais, dit le médecin, il y a un très bel opéra allemand, de Beethoven. *Fidelio.* L'histoire se déroule en Espagne, dans une prison, une sinistre forteresse médiévale, un peu comme ce pénitencier, sauf qu'on y a incarcéré des prisonniers politiques. Et à un moment, je pense que c'est pour fêter l'anniversaire du roi, ils ont la permission de faire une marche dans la cour, qui ressemble un peu à un jardin...

— ...comme la nôtre !

— Oui. Donc, les prisonniers marchent et chantent leur désespoir et leur soif de liberté comme nous avons chanté notre fureur devant la mort d'un copain. Sauf que, évidemment, c'est Beethoven qui a écrit cette musique pour eux, et nous, notre chant funèbre n'avait pas grand-chose de mélodieux. Mais il était fort, fort comme le leur. Quand tu seras sorti, si jamais tu as l'occasion, écoute cet opéra. Ou du moins achète le disque, en souvenir du vieux Bohner, de son enterrement auquel nous n'avons pas eu le droit d'assister.

Le 1ᵉʳ mars 1932

Jamais encore Claire n'a eu un manuscrit de roman à dactylographier. Des adresses et encore des adresses. Les firmes envoient de plus en plus de publicité par la poste, essaient toujours de trouver d'autres clients. Quick-and-Precise, bureau d'écriture fiable avec son travail sans faute et sans délai, va ouvrir un deuxième bureau, rue Bay, dans le quartier des affaires. Monsieur Moore va donc déménager, aura de nouveaux bureaux, plus clairs, plus élégants. « Il faut ce qu'il faut », dit-il en se frottant les mains. Mais il ne peut pas être à deux endroits à la fois.

— Mademoiselle Martel, croyez-vous que vous seriez en mesure de diriger les opérations de la rue Yonge ? Vous êtes jeune, je sais, mais je peux toujours compter sur vous, jamais vous ne m'avez dit non quand quelque chose ne marchait pas dans ce bureau. Je viendrais évidemment au moins deux fois par semaine, au début du moins, pour m'assurer que tout va bien, et par la suite on tiendrait des réunions hebdomadaires, vous et moi, pour la bonne marche des deux filiales. Puis, si jamais vous avez un problème, vous m'appelez et j'accours.

Claire est ravie, c'est évident, mais elle reste calme. Les procès du passé et le sport du présent le lui ont appris.

— Je ferai de mon mieux, monsieur.

— Bien, bien, je sais. Vous êtes jeune, mais surtout, vous êtes drôlement efficace pour une Canadienne française, mademoiselle Martel.

Claire n'est pas sûre s'il s'agit d'un compliment ou d'une insulte. Maudits Anglais qui se croient les seuls capables de gérer un *business!* Mais elle le laisse parler. Pourquoi cet imbécile avec sa tête chauve comme un œuf et son ventre bedonnant ne peut-il pas admettre qu'il y a des femmes qui savent se débrouiller en affaires? Canadienne française ou pas, elle va lui montrer qu'elle ne fait pas un travail de *gnochon*.

— Reste le problème de vos vacances. Ce ne sera pas pour cet été.

— Je n'ai pas besoin de vacances, monsieur. Ne vous inquiétez pas pour moi.

Négociations au sujet d'une augmentation de salaire. Claire montre ses dents, demande et obtient mille cinq cents dollars par année, ce qui correspond, l'informe monsieur Moore, au salaire d'une bonne secrétaire de direction.

— Bravo, dit-il à la fin.

Et elle le remercie poliment.

LUI

Kingston, le 6 mars 1932

Le B126 est prêt. De fait, personne ne l'appelle plus B126, il est redevenu «Monsieur». Il a échangé son uniforme de détenu contre ses propres vêtements. Du caleçon au paletot, il est bien habillé, de façon normale ou même mieux, élégamment presque. Les vêtements qu'il porte aujourd'hui, il les mettait quand il allait au Parlement. Il se regarde dans le miroir, bon, bien, oui… En examinant son visage, il se trouve un air un peu maladif, le teint jaune. «Conséquence du manque d'air frais, se dit-il. Quelques semaines à la ferme et ça ira mieux.»

Il est dix heures du matin. Hier soir, au téléphone, le père a dit qu'ils seraient à Kingston vers neuf heures trente au plus tard. «Je sais que tu es pressé, mon gars, a-t-il ajouté. Nous serons à l'heure.»

Nous. Qu'est-ce que cela veut dire? Père et mère, père et un frère, père et deux frères? Louis est prêt. Prêt à sortir, à sortir de prison, à passer entre les colonnes, à être libre. Or, le gardien parle d'une grosse tempête.

— Venez voir, monsieur, dit-il en ouvrant la porte. Il vaut mieux attendre à l'intérieur. C'est juste un délai, monsieur, un petit délai. Vous pouvez vous mettre près de la fenêtre, comme ça vous les verrez arriver.

Les ? Il en a assez d'attendre sans savoir qui est en route pour le ramener à L'Orignal. Il est impatient, chaque minute de plus est une injustice, une absurdité. Il est libre et il ne peut pas s'en aller. Tant qu'il était détenu, il savait à quelle heure on le réveillerait, quand il se laverait, mangerait, se mettrait au travail, mangerait encore, se coucherait. Tout était réglé comme du papier à musique, chaque journée se déroulait comme prévu. La belle liberté est plus capricieuse, déroutante même. Mais il lui faut rester calme, dominer l'impatience, l'inquiétude, la frustration.

Quelqu'un sonne. Le portier ouvre. C'est le père. Vite, ne parlons pas, ne faisons pas de politesses aux gardiens, sortons de cette bâtisse.

Ah, l'air du dehors ! Froid, très froid, mais merveilleux ! Voilà la voiture, toujours la même, la Ford achetée en 1928. Jacques, le frère aîné, est au volant.

— Tu veux conduire ? demande-t-il.

Louis décline, de peur de se faire donner des instructions par l'autre, qui pourrait penser que, sortant de prison, il ne sait plus conduire. Le père se met à l'arrière, Louis monte devant. La voiture démarre.

Vont-ils se parler ? Jusqu'à maintenant, il n'y a eu que des banalités. L'ancien détenu, que peut-il dire ? Qu'il est content que ce soit enfin fini ? Ils doivent bien le savoir. Et eux, que peuvent-ils lui demander ?

Ils ne sont jamais entrés dans le pénitencier, ne lui ont jamais rendu visite, n'ont jamais vécu dans une cellule. Il ne va pas leur en faire une description.

— Maman va bien?

— Toujours ses rhumatismes, Et elle tousse, répond le père.

Silence encore. Jacques ne pose pas de questions et Louis n'a pas envie de parler à qui que ce soit de ses expériences carcérales ni même de ses amitiés. Un bibliothécaire condamné pour avoir facilité des avortements? Un fermier ayant tué sa femme? Une araignée? Ils ne comprendraient pas.

Le père donne quelques nouvelles de la parenté: L'oncle Hubert s'est remarié, la cousine Thérèse a maintenant six enfants, tous des garçons, l'oncle, le père Victor-Laurent…

— Qui?

— Ah, tu te souviens plus? Victor-Laurent, le cousin de ta mère, il était à Ottawa lui aussi, ben, il est parti au Vatican, travailler dans la bibliothèque papale.

Tu ne te souviens plus… Combien de choses a-t-il oubliées, cet ancien détenu? À quel degré le monde a-t-il changé? Louis regarde son père, devenu un peu plus vieux, un peu plus gris. Et lui, combien de temps lui faudra-t-il pour se débarrasser du teint jaunâtre de ceux que la société enferme dans de sombres bâtisses mal aérées?

Ils arrivent à la ferme. La mère accourt, s'essuie les mains avec son tablier. Elle aussi a vieilli. «À table!» dit-elle d'une voix triomphante. Son fils est de retour! Une fois tout le monde assis, elle se calme. Cette femme, cette mère qui voulait toujours savoir ce qu'on avait mangé quand on avait dîné ou soupé ailleurs, fait comme si le fils n'avait jamais été absent. Et elle veut que les autres fassent pareil. Elle les surveille, leur jette des regards, l'air de demander qu'on le laisse tranquille.

Elle a préparé un poulet au citron, comme il l'a toujours aimé, de la purée — qu'elle s'obstine à appeler «patates pilées» — et le légume préféré de son Louis, des choux de Bruxelles, jamais servis à Kingston. Comme dessert, une crème caramel. Avec son premier chèque du Parlement, il lui avait acheté le *Larousse culinaire* et c'est là qu'elle en a pris la recette. Tous les plats de ce soir, donc, autant de petits messages muets d'une mère qui aime son fils mais qui n'ose pas lui poser de questions.

Au moment des procès, elle ne lui a jamais parlé de Laurence Martel. A-t-elle cru en la culpabilité, en l'innocence, de son fils? A-t-elle pensé qu'il méritait sa punition? Si elle a pensé le contraire, ne devrait-elle pas accuser les autres, parler de l'injustice subie? Louis essaie de s'expliquer le silence de sa mère, se dit que ces maudits procès et sa condamnation ont dû lui coûter l'amitié de beaucoup de femmes, même parmi les plus pieuses. Lui, qui était la gloire de la famille, la gloire de sa mère, voilà qu'il en était devenu la honte.

Le père reste silencieux, lui aussi. A-t-il vendu l'épicerie parce que les gens faisaient leurs achats ailleurs? La ferme? Le fils s'abstient de demander des renseignements. Il n'est pas sans savoir ce qui se passe au pays; il a lu les journaux à la bibliothèque.

En 1929, le monde qu'il quittait semblait prospère. Trois ans après, ce n'est plus le cas.

⁜

L'Orignal, fin mars 1932

— Il faut que je m'en aille, maman. Ça fait près d'un mois que je suis rentré. Je n'ai pas gagné une cenne depuis. Impossible de trouver du travail ici. Il faut que je parte.

— Le collège d'abord. Ensuite, le Parlement. Puis, la prison, là-bas… Je n'ai pas voulu aller te voir, tu sais. Je ne voulais pas te voir misérable.

— Tu aurais pu m'écrire.

— C'est vrai.

Elle ne lui dit pas que chaque fois qu'elle recevait une lettre de Kingston, le facteur la regardait d'un drôle d'œil, qu'elle avait eu honte de remettre à l'employé des postes une lettre adressée à son fils, détenu au pénitencier. La mère n'est pas une femme particulièrement brave; il faut du courage pour affronter les intempéries de la vie.

— Il n'y a que du chômage ici et, partout où je vais, on me connaît. On ne veut pas de moi. L'autre jour, quand je me suis rendu à l'université, mes anciens professeurs n'ont même pas daigné me recevoir. Et tu aurais dû voir la secrétaire, son visage mi-figue, mi-raisin. L'air de dire: «Je sais, je sais…» Vraiment, je ne sais plus quoi faire, maman. Je suis allé voir le patron du chantier de la gare, il m'a dit que j'aurais peut-être plus de chances à Montréal. Il paraît qu'ils y sont mieux organisés.

— Montréal, c'est pas loin. Il y en a qui partent à Regina ou Winnipeg. Toi…

— … Je t'appellerai, maman. Le dimanche. Je t'écrirai aussi.

Au moins, les lettres n'arriveront pas de Kingston.

— Je ne sais pas ce qui va m'arriver, maman, mais tu auras toujours de mes nouvelles, je te le promets.

Ils s'embrassent. D'un tiroir, la mère sort une enveloppe contenant cent dollars.

— Avant de mourir, ta grand-mère me les a donnés pour toi. Elle pensait que tu aurais besoin d'argent.

Il a honte de partir avec l'argent de sa grand-mère. Honte de savoir que sa grand-mère se souciait de lui alors qu'il était en prison. Elle était venue vivre chez eux après la grande opération, en 1928. Elle s'était plainte de ne pas reconnaître le monde, de ne plus savoir la date, le jour. Les deux mois passés à l'hôpital avaient, en quelque sorte, dérangé son sens de l'orientation dans le temps comme dans l'espace. C'est son cas, à lui aussi. Depuis sa sortie de prison, il a du mal à se retrouver dans le monde.

Il a peur d'être chômeur, d'être obligé d'accepter l'aide gouvernementale sous forme de bons avec lesquels il ira, en compagnie d'autres infortunés, faire la queue devant les portes des sociétés charitables pour échanger ces bouts de papier contre du pain, de la viande, des produits laitiers, du charbon et d'autres denrées. Faire la queue pour avoir de quoi manger, comme au pénitencier. Ou alors aller vivre dans un camp pour chômeurs célibataires, se faire envoyer dans les communautés pour y travailler; recevoir un dollar par jour, moins quatre-vingt cents pour le gîte et la nourriture. C'est ça, l'aide sociale? C'est ça, la vie des chômeurs en 1932, au Canada, les «vingt cents» qu'on les appelle.

— Maman, je ne peux pas devenir un «vingt cents».

— Donne-moi les billets de banque, Louis. Je vais les coudre dans la doublure de ton veston. Comme ça, on pourra pas te les voler et tu les gaspilleras pas.

❖

Montréal, 16 avril 1932

Louis regarde le lieu où il se trouve: une chambre dans la maison de sa tante Marie-Anne, à Montréal, au 1191 rue Saint-Hubert. Elle est veuve, ses enfants ont quitté la maison. Elle y vit pour ainsi dire seule tout en louant à des chambreurs, à raison de deux dollars par semaine.

Hier soir en arrivant, il avait bien remarqué le gros buisson aux grappes de fleurs mauves, juste devant l'entrée. Il aurait voulu exprimer son plaisir de voir ces fleurs, de sentir leur parfum qui embaumait l'air, mais il cherchait en vain leur nom:

— Quel beau buisson… avait-il murmuré et tante Marie-Anne avait tout simplement remarqué:

— C'est le printemps… C'est même un peu tôt… Louis l'avait complimentée:

— Ces fleurs sont splendides…

— Et ça pousse tout seul, chaque année c'est pareil, avait-elle répondu. Les voisins en sont presque jaloux.

Elle ne s'était pas rendu compte qu'il cherchait le nom du buisson.

Il s'était couché tôt après le souper: potage aux légumes, côtelettes de porc, pommes de terre, carottes. La tante s'était excusée de l'absence de dessert, disant qu'elle avait manqué de coupons pour le sucre... Dans sa chambre, le nom du buisson lui était revenu: lilas. Comment avait-il pu oublier un nom aussi simple, qui indiquait la couleur même de la chose? La prison et son isolement lui avaient-ils volé la facilité d'expression verbale qui le caractérisait autrefois?

Louis Auger comprend qu'il lui faut réapprendre à vivre dans le monde. Il doit plonger dans la réalité, l'affronter au lieu de se faire dorloter d'abord par sa mère et maintenant par sa tante. Le matin, il lui dit:

— Ma tante, je vous remercie de m'avoir hébergé, mais je dois...

— Mon petit, si tu me donnais les deux dollars par semaine que les chambreurs me donnent...

Veut-elle qu'il reste? Veut-elle un homme de la famille dans sa maison? Est-elle tout simplement une âme charitable? Mais Louis sait qu'il a besoin de voler de ses propres ailes. Il quitte la maison au lilas.

✣

Fin avril 1932

Plus de cent mille chômeurs traînent dans les rues de Montréal. Le Conseil municipal, sous l'autorité progressive du maire Camillien Houde, se lance dans une série de grands travaux publics pour les occuper : terrains de jeux, tunnels, bains publics, rénovation des marchés et des édifices gouvernementaux, un chalet au parc Lafontaine. Une Commission échevinale veille à ce qu'un système de rotation soit maintenu ; les ouvriers travailleront pendant quatre jours et ne seront pas engagés les quatre jours suivants, laissant ainsi la place à d'autres hommes.

Auger est maintenant ce qu'on appelle un ouvrier non qualifié ; il gagne trente cents l'heure. Le tunnel de la rue Wellington, le chalet de la montagne, le parc de l'île Sainte-Hélène, le Jardin botanique, il travaille partout. Pour le moment, il a réussi à éviter les camps de secours pour chômeurs, administrés par les militaires. Ce qu'il en a entendu dire lui rappelle trop la prison. Et un dollar par jour, moins quatre-vingts cents pour le gîte et la nourriture... Il aurait vingt cents par jour d'argent comptant, alors que le timbre pour envoyer un mot rassurant à sa mère en coûte trois !

Il n'a pas de chambre. Parfois, il couche dans un parc même s'il fait encore froid. Souvent, il passe la nuit au Refuge Meurling. Il se nourrit aux soupes populaires, accepte des vêtements offerts par la Société Saint-Vincent-de-Paul. C'est chez eux qu'il trouve, ô merveille ! un gros sac à dos dans lequel il transporte ses possessions. Car celui qui n'a pas de chambre — et même pas une cellule — ne peut rien laisser nulle part. Quand Louis se couche, le sac lui sert d'oreiller, qu'il dorme à la belle étoile par les nuits tièdes du printemps ou au refuge. Au fond de son sac repose le fameux veston de parlementaire contenant sa fortune. Enfermé dans une toilette publique, il en retire parfois un dollar. Il lui reste encore quatre-vingt-onze des cent dollars de l'aïeule.

L'après-midi, il aime monter la colline pour s'asseoir dans une des salles de l'Université de Montréal. Il y entend des discours en faveur de la langue française, en faveur d'un Québec autonome. Tout cela ne le préoccupe pas trop. Par contre, il apprécie les toilettes universitaires, où il peut en toute quiétude se laver. Il n'est pas le seul à le faire.

⁜

Novembre 1932

Des lettres de recommandation. Un certificat de bonne conduite. Un *curriculum vitæ*. Tous ces papiers dont on a besoin quand on pose sa candidature quelque part, que ce soit dans une école catholique ou privée, dans une banque ou dans un cabinet de notaire. Or, le *c.v.* de Louis Mathias Auger a un trou, un trou de trois ans. Accusation, procès, condamnation. Prison. Pénitencier. Du temps perdu, du temps que tout rapport doit taire, cacher, du temps qui devait suffire pour purger sa peine, payer sa dette à la société. Or, la même question revient tout le temps: «Et qu'avez-vous donc fait, monsieur, entre 1929 et 1932?» La dette est perpétuelle, ne sera jamais payée. Pour chaque emploi sérieux, au bureau de poste, dans une école, chez un avocat, on exige un casier judiciaire. Vierge de préférence. Comment faire pour qu'un casier judiciaire redevienne vierge?

Il paraît que les femmes, ça s'opère et hop! la virginité est rétablie. Mais le casier judiciaire? Faut-il s'engager dans l'armée, dans la Légion étrangère? ou alors changer de nom, s'inventer une origine, un faux parcours professionnel, dessiner des certificats et diplômes imaginaires, faire oublier pour de bon tout ce qui s'est passé? se suicider peut-être?

Louis Mathias Auger cherche à atteindre la première marche de l'échelle sociale. Il rêve de louer une chambre, essaie de faire des économies. Il se nourrit depuis juillet 1932, de son travail pour la mairie et de petits jobs à la pige, déménagements, transport de bagages, vente à la sauvette de cravates, mouchoirs, briquets, écharpes, gants et parapluies. Grâce à un jeune prêtre originaire de Hawkesbury, s'ajoute à ce maigre gagne-pain une leçon de français hebdomadaire avec une veuve francophile dans une belle maison derrière l'oratoire Saint-Joseph.

Cette dame de Westmount, pour laquelle il met toujours son beau costume de parlementaire, lui rappelle sa grand-mère, sauf qu'elle a l'air bien-portante. Est-ce l'argent qui lui permet de se maintenir en forme?

Chaque leçon, ils lisent un conte ou une partie d'un conte de Maupassant. Auger a piqué son exemplaire du recueil chez un bouquiniste; elle a fait venir le sien de New York, de chez son libraire favori.

En arrivant devant la maison de l'avenue Oakland, Louis est toujours un peu hors d'haleine d'avoir grimpé les rues raides menant au sommet de Westmount. La bonne lui ouvre la porte, le fait entrer au salon. Madame Corker y est déjà, calme, reposée, sans souci. C'est qu'elle ne se pose pas de questions sur la personne de ce professeur trouvé au hasard d'une conversation avec le père Benoît, qui, comme elle, cultive des roses. Elle aime bien jaser avec ce père, lui demander conseil au sujet des insectes, ces petits insectes verts, plats, qui attaquent parfois les roses. Comme le jardin de l'Oratoire et le sien se touchent, le curé et elle se parlent souvent.

John Corker, le fils de la dame, a interviewé l'homme qui allait se trouver en tête-à-tête avec elle. Il lui a trouvé l'air intelligent, de bonnes manières.

— Il ne te violera pas, a-t-il dit à sa mère, et de toute façon tu pourras toujours sonner la bonne si jamais il empoche les cuillères en argent de ton service à thé. Tu lui as demandé ce qu'il a dans son gros sac à dos?

Madame Corker n'aime pas trop cette plaisanterie.

— S'il décrochait un des tableaux du hall d'entrée et se sauvait en courant, la toile précieuse sous le bras? Tous ces tableaux achetés par ton père collectionneur, ils doivent valoir des sommes énormes!

Durant une leçon particulièrement animée, madame Corker raconte, toute joyeuse, ce que son fils lui a dit, ce qu'elle lui a répondu. Auger s'aperçoit que son élève lui dit des choses qu'elle ne révélerait jamais dans sa propre langue. Il se prend à ce jeu:

— Madame, en lisant l'histoire du collier de perles, n'avez-vous pas pensé à votre collier?

La vieille dame rit, y porte la main.

Malheureusement, ces leçons ne dureront pas. Madame Corker s'en va après Noël passer l'hiver dans le sud de la France, reviendra en mai.

— Je voyage trop, dit-elle.

En juillet, elle se rendra pour deux mois dans le Maine. Mais enfin, tant que ça dure, un dollar cinquante l'heure avec thé et biscuits, c'est bien.

✣

22 février 1933

Par curiosité et aussi parce qu'il fait froid dehors et qu'il ne peut pas se permettre le cinéma, Louis Auger est au Monument national. Il écoute Adrien Arcand, rédacteur de l'hebdomadaire *Le Patriote,* expliquer les principes antisémites d'un *nouveau* parti, le Parti national social chrétien. Que faut-il en penser? Est-ce que ce sont vraiment les juifs qui causent tout ce malheur économique dans le monde?

Louis lit les journaux qu'il trouve au refuge ou bien par terre, dans la rue. Ou encore ceux qui sont distribués gratuitement, comme *L'ouvrier canadien,* journal communiste qui sera probablement bientôt interdit. Il écoute les propagandistes du retour à la terre qui prêchent au coin des rues et dans les salles de réunion, il écoute pêle-mêle fascistes, socialistes, chrétiens et communistes. Il se rend régulièrement aux réunions des clubs ouvriers, créés par Anaclet Chalifoux. Il ne sait pas de quel côté se tourner.

Nulle part il ne se fait d'amis. Est-ce son séjour à Kingston qui l'a habitué à la solitude, à l'isolement? Pourtant, au pénitencier, il avait eu des amis, le vieux Bohner et le bibliothécaire. Ici, à Montréal, il s'enfonce de plus en plus dans l'anonymat. Ne pourrait-il pas, au refuge, dire bonne nuit à l'homme couché dans le lit à côté du sien ou à celui avec qui il partage les lits superposés? Il ne le fait pas. À la soupe populaire, ne pourrait-il pas adresser la parole à ses voisins de table?

Et les femmes? Louis n'en connaît pas et ne fait aucun effort pour en rencontrer. Il n'ose pas appeler ses connaissances d'autrefois, hommes ou femmes, qui doivent tous et toutes savoir qu'il a passé deux ans à Kingston. Ses vêtements lui font honte. Même le veston a perdu de son élégance. Comme il a toujours peur de toute dépense, il s'assoit très rarement dans un bar, où il pourrait peut-être faire la connaissance d'une femme.

Au refuge, il y a surtout des hommes. Certes, quelques dollars de la grand-mère sont allés dans les poches de prostituées, mais le plaisir n'a pas été très grand. Même dans une telle situation, il faut dire quelques mots, répondre à des questions. En fin de compte, il est bien plus simple de visiter une toilette et de pratiquer aussi silencieusement que possible l'exercice solitaire qu'est la masturbation.

Auger craint l'interaction sociale. À l'intérieur du pénitencier, tous savaient. Dehors, il faut s'expliquer, risquer une réaction négative. Il n'en a pas le courage. Pauvre, désemparé, affreusement seul, il décide de prendre la fuite. À bord d'un train de marchandises, il ira en direction sud, direction États.

Avant de partir, il va voir sa tante Marie-Anne, qui lui donne un pantalon, une chemise et une paire de chaussures ayant appartenu à son mari. Il écrit un mot à sa mère, paie trois sous pour le lui envoyer.

ELLE

Toronto, mai 1933

Juin, le mois des mariages. Deux des femmes avec qui Claire travaille ne parlent plus que de cela. La belle robe blanche. Les robes des filles d'honneur. Les fleurs. Les invitations. Le repas. La musique. Le photographe. La liste de cadeaux. La lune de miel. Les meubles. L'homme.

Claire, qui est chargée de ramasser l'argent pour les deux cadeaux collectifs, se demande si elle voudrait passer par là, se dit que non. Elle est sortie avec des gars mais, même si elle n'a plus vraiment peur des hommes, il lui reste une petite inquiétude. Au cinéma, quand l'homme lui prend la main, sa réaction est de retirer la sienne. Devant la porte du 11, rue Inkerman, elle détourne la tête pour éviter les lèvres qui s'approchent. Jamais elle ne s'est sentie attirée par un homme, ne l'a désiré, n'a eu envie de le toucher, de toucher sa peau, de l'embrasser, de faire l'amour avec lui. Elle écoute les conversations de ses compagnes de bureau, se demande parfois si elle est normale. Elle se rend compte qu'il lui est difficile de participer à la vie après la fermeture du bureau sans être accompagnée par un homme — danse, cinéma, café. Partout, la compagnie des hommes semble obligatoire.

En achetant les cadeaux de mariage chez Eaton's, elle s'étonne des listes de mariage proclamant tout ce que la femme mariée devrait posséder. Nappes et serviettes, service de table de quarante-huit pièces, verrerie, couverts, batterie de cuisine, vases en cristal, appareils électroménagers, sans parler de la literie et des serviettes de bain. Qu'achète-t-elle? Douze verres à vin rouge, douze à vin blanc, le tout joliment empaqueté. Ouf!

Sa mère lui écrit, lui téléphone assez régulièrement. Chaque fois, Claire craint la question inévitable: le prince charmant, est-il finalement arrivé? va-t-elle enfin dire oui aux conventions, devenir une femme mariée heureuse, mère de famille et maîtresse de maison? Tante Bertha insiste moins, comprend que le moment n'est pas encore venu. Toutes deux lui donnent régulièrement des renseignements sur les cousines de son âge, maintenant fiancées, mariées, enceintes. Comment dire à ces femmes traditionnelles qu'elle n'a pas envie de se marier, de faire comme elles?

Jeanne rit quand elle se plaint.

— T'en fais pas, dit-elle, t'as toute la vie. Il y en a qui se marient quand elles ont soixante ans. Va faire du sport en attendant.

✛

Athlétisme, balle molle, tir à l'arc. Une dame du Toronto Ladies Athletic Club demande à Claire si elle ne veut pas devenir membre, la convainc que le Ladies Club serait davantage chaussure à son pied.

— Au moins nous parlons anglais, ajoute-t-elle.

Il est vrai que les femmes de la Workers' Association parlent surtout l'ukrainien, le finnois ou le yiddish. Le français? Il ne se pratique nulle part à Toronto. Parfois, Claire a peur de perdre sa langue maternelle. Un arrêté municipal interdit de tenir des réunions publiques dans une langue autre que l'anglais. Qu'est-ce que les gens ont donc contre les langues étrangères, contre le français qui n'en est pas une?

— Nous participons deux fois par an à des compétitions dans le Maine, lui dit la dame. La famille d'un de nos membres a une maison d'été à Biddeford Pool. La plage est très belle.

Le Ladies Club, raisonne Claire silencieusement. Va-t-elle abandonner les ouvrières communistes et joindre les dames de la haute?

Il faut bien le dire, la fréquentation des sportives de la rue Spadina a commencé à la politiser. Elle va au Standard, à l'angle de Dundas et Spadina, même quand il y a des conférences au lieu de films. Une fois, elle y a assisté à une conférence de la célèbre Emma Goldman, anarchiste féministe; il y avait là de quoi réfléchir. L'attrait d'un monde plus distingué demeure irrésistible. Claire opte pour les sports en compagnie des dames de Toronto. Ça ne veut pas dire qu'elle ne peut plus fréquenter les autres, ni se joindre à elles en juillet 1933, au Clarence Square, où quinze mille personnes s'assembleront pour aller à Queen's Park, manifester contre Hitler.

❖

Aux États-Unis, les équipes féminines de *soft-ball* portent la jupe, à Toronto, les ouvrières sportives portent le short. Pour jouer avec l'équipe du Toronto Ladies Athletic Club, Claire doit tout d'abord acheter l'uniforme : casquette, long pull-over avec décolleté en V, chaussettes de grosse laine au genou, pantalon *plus-four* inventé en 1924 par le prince de Galles et plus ample que les *knickerbockers* du XIXe siècle. Le tout lui coûte presque vingt dollars.

L'apparente réussite sociale vaut-elle son prix ? Claire s'aperçoit vite que mademoiselle McGregor ne lui offre pas de place dans sa voiture, que madame Waters ne l'invite pas à prendre un café chez elle, que mademoiselle Yates ne lui présente pas le beau jeune homme avec qui elle sort.

— Qu'est-ce que tu veux, lui dit Jeanne quand elle se plaint, ce sont des *WASPS.*

— Des quoi ?

— Des *WASPS.* Des *White Anglo-Saxon Protestants.*

— Et alors ?

— Elles préfèrent rester entre elles. T'as pas remarqué ? Les femmes viennent chez moi, au salon, pour se faire coiffer. Dans la rue, elles ne me connaissent pas.

O.K., se dit Claire. Je ne suis pas de leur monde, mais elles m'aident à avancer, à faire ce que j'aime.

Les pratiques, les compétitions, les matchs, tout cela a de la valeur. Les « Formidable, Claire ! » les

«Bravo, Claire!» lui disent qu'elle peut réussir même si le voyage à Biddeford Pool se fait sans elle.

Elle envoie des coupures de journaux relatant ses succès aux femmes de sa famille. Aucune ne lui répond. Ne lisent-elles pas l'anglais? Pensent-elles que le sport ne sied pas aux femmes? qu'il est peut-être dangereux? Croient-elles que les femmes sportives risquent d'avoir des fils moins musclés? Certains experts l'affirment. Claire en parle au club, un soir, et c'est l'hilarité générale. Elle en rit elle aussi, mais comprend que l'exil qu'elle a choisi l'a coupée de sa famille. Toronto pour commencer, l'emploi au lieu du mariage, l'anglais au lieu du français, le sport aussi, personne n'a fait pareil. Elle est devenue la brebis noire, celle qui vit une vie différente, seule, dans la grande ville, dans une autre langue, un autre milieu, avec d'autres activités. Elle en est fière, d'un côté, fière de son autonomie, mais en ressent quand même du chagrin.

⁂

Août 1933

— On va y aller, dit Jeanne, qui trouve toujours des solutions simples et pratiques. Prenons des vacances, on en a besoin toutes les deux.

— C'est vrai.

— Je vais aller voir comment Louise se débrouille. Ça fait quatre ans que je ne l'ai pas vue. Toi, tu vas découvrir si tu as envie de rentrer au bercail. J'en doute fort, d'ailleurs.

— Je ne sais pas.

Claire n'a pas l'air enthousiaste à l'idée de ce voyage.

— Il n'y a aucun danger de rencontre désagréable. Je me suis renseignée : Auger a disparu de la circulation.

Achat de cadeaux. Un beau fer à onduler pour Louise. Des chocolats pour Bertha, des cigares pour Joseph. Une nappe brodée pour la famille à Hawkesbury, de grosses serviettes éponge fabriquées dans les filatures du Maine où tant d'Acadiens et de Québécois travaillent depuis le XIXe siècle. Jeanne en achète pour le salon de coiffure de sa fille. « On n'en a jamais assez, dit-elle, elle sera contente. »

Bertha et Louise les attendent à la gare. Il fait beau. La coiffeuse, fière propriétaire d'une voiture d'occasion achetée à bon prix grâce à la Crise, leur fait faire le tour d'Ottawa. Assise à l'avant, Jeanne s'émerveille de tout ce que sa fille lui explique. À l'arrière, Claire se détourne en apercevant le Parlement. Sa tante lui sourit.

Rue Ladouceur, l'oncle Joseph regarde avec surprise cette jeune femme aux cheveux courts, en jupe plissée et chemisier, qui lui tend une boîte de cigares. Elle semble habillée pour un match de tennis plutôt que pour une visite. Toutefois, elle gagne vite sa sympathie par son franc-parler, qu'il ne lui avait pas connu auparavant, par son rire, qui n'a rien d'artificiel. Elle lui conte sa vie à Toronto, y compris ses ambitions sportives.

— L'hiver prochain, dit-elle, je ferai du ski. Nous allons au Alpine Inn, à Sainte-Adèle, en voiture.

Son « nous » est un nous de groupe. Les femmes que Joseph connaît sont les épouses de ses collègues ; il n'y en a aucune qui projette de faire un voyage en compagnie d'autres femmes. C'est une affaire de riches, ça.

— Tu devrais venir, suggère-t-elle à sa tante. Tu prendrais le car jusqu'à Sainte-Adèle. Toi et moi, on partagerait une chambre. Tu aurais besoin d'un pantalon et d'une grosse veste longue, comme quand on fait du patinage...

Pour le couple Saint-Pierre, c'est comme si Claire parlait une langue étrangère. Joseph n'a pas envie de voir sa femme en pantalon; elle ne veut pas s'exposer aux regards critiques en faisant du sport. Bertha, femme mariée, comment pourrait-elle faire des randonnées avec des inconnues? Et laisser son mari se débrouiller seul à la maison? Qui lui ferait à manger? Qui lui repasserait ses chemises? Qui veillerait à brosser son chapeau, sans lequel il ne peut pas aller faire ses ventes?

⁘

Hawkesbury

Claire est mal à l'aise, se sent presque comme une intruse, une étrangère. Elle sait qu'elle a beaucoup changé, mais elle ne s'attendait pas à ce que cela l'empêche de se sentir chez elle dans sa famille. Eux, ils sont restés les mêmes. Rien n'a changé dans la petite maison de Hawkesbury. Dans le salon, où tout le monde s'est rassemblé pour accueillir celle qui est partie, il y a comme autrefois quatre chaises en bois, avec coussins au petit point, deux fauteuils rembourrés. Ah, mais voici un sofa à deux places qui n'y était pas avant, un sofa-lit emprunté aux voisins.

— C'est là que tu dormiras, dit la mère. Les petites ont pris ta chambre.

Les petites, ses sœurs Marie-Jeanne et Marie-Michèle, rient, semblent vouloir s'excuser de leur audace.

Claire se rend compte qu'elle n'a plus de chambre, plus d'espace privé chez ses parents, et cela l'incommode toute la semaine. Dans la cuisine, autour de la table, elle a l'impression d'occuper trop de place. Dans la salle de bains, elle ne sait pas où accrocher sa serviette, où mettre sa brosse à dents. Elle finit par se construire une cachette derrière le sofa lit. Elle y met sa valise, étend sa serviette dessus, y place ses brosses à dents et à cheveux, son dentifrice, son peigne.

Il y a l'épreuve difficile de la visite dominicale de l'église. La mère la supplie:

— Tu ne peux pas être ici et ne pas assister à la messe.

Claire se dit qu'il faut prendre ça comme un match de balle molle. Lancer, frapper, courir, se mettre en sécurité. Courir encore. Mais elle découvre que la messe est un match dangereux. Les regards qu'on lui lance sont plus durs que la balle qu'on dit molle, ils la percent de part en part, la blessent, elle ne peut leur échapper, elle est prise dans le banc d'église, qui ne la protège pas.

Le lendemain soir, après une journée qu'elle a trouvée paralysante de lenteur, en raison de choses non dites, de la gentillesse pleine d'hésitation de sa mère, elle aide son père à désherber le petit jardin potager à l'arrière de la maison. On dirait qu'elle respire mieux à l'extérieur.

— Tu te sens bien, à Toronto, dit-il, et c'est moins une question qu'une constatation.

— Oui, répond-elle.

— Tu as toujours été un peu différente, continue-t-il. Tu voulais toujours t'en aller. Pour apprendre…

— C'est vrai.

— Ta mère ne l'a jamais compris. Elle pense que tu t'exposes à des dangers, que tu prends des risques inutiles. Même maintenant, avec tes sports.

— Je ne peux pas revenir ici, chez vous, attendre que…

— … que la vie passe? Non. Tu veux dominer ta vie, ne pas la subir. Même durant les procès, tu voulais effacer le mal que tu avais subi.

— Tu m'en veux, papa?

— Non. Mais j'aimerais t'appuyer davantage et je ne réussis même pas à convaincre ta mère.

— Il va falloir que je m'en aille de nouveau.

— Je sais. Tu gagnes bien ta vie à Toronto. Tu es partie au bon moment.

— C'est-à-dire?

— Écoute. Je connais une bien triste histoire. Bertha me l'a racontée, un peu après ton départ, en 1931. Puis, elle m'a donné la copie d'une lettre qu'une voisine a rédigée avec son aide au premier ministre du Canada, l'Honorable R.B. Bennett. Lis-la-moi. C'est en anglais, mais tant pis.

Claire prend la feuille de papier:

Dear Mr. Bennett,

I am going to ask you to do me a great favour. I am one of the temporary stenographers who were laid off because of your order to reduce the staffs.

I was in the Department of Public Works, Secretary's Branch, from June 21st, 1930 to March 20th, 1931.

Since then I have not been able to secure work any-where, although I have tried very hard. They all seem to be overstaffed.

I am a widow with three children to support, and as they are very young and all going to school, it strikes me very hard. The eldest is eleven years and the young-est seven years.

I am up against it now, the merchants have closed my accounts because I was unable to pay them last month, that means I will starve as I charged my groceries.

Will you please help me to get a position in the Civil Service for it is a case of getting work at once or starv-ing. I know that you are the only one that can help me now.

Trusting that you will help me,
I remain,
Yours sincerely,
Anne McAndrew[10]

Jean-Baptiste Martel secoue la tête.

— C'est incroyable. Il paraît que Bennett reçoit des centaines de lettres semblables. Il envoie cinq dollars de son argent par-ci, dix par-là. Ça va mal dans le pays. Toi, au moins, t'as du travail. C'est bien.

— Au fond, s'il n'y avait pas eu toute cette his-toire, je serais peut-être entrée au fédéral, puis j'aurais perdu mon poste un an plus tard.

— Hé! tu vas pas remercier le député?

---

[10] Cité par Michael Bliss, éd., *The Wretched of Canada: Letters to R.B. Bennett, 1930-1935*, Toronto, University of Toronto Press, 1971.

C'est la première fois que Claire rit de ce qui lui est arrivé le 16 février 1929.

Le père et la fille s'assoient sur le petit banc à côté de la porte arrière de la maison. Claire raconte que grâce au sport elle rencontre toutes sortes de femmes, des riches et des pas riches. Elle-même se situe entre les deux. Elle fait partie de la légion des petits employés qui travaillent pour ceux qui en profitent.

— T'es jeune, lui dit-il. T'es capable. Tu vas faire ton p'tit chemin. Mais, attends, oublie pas, oublie pas ton français.

Trois jours plus tard, Claire retourne à Toronto. L'exil devient son lieu permanent.

❖

Le matin de son départ, elle traîne un peu au lit, à se remémorer le rêve qu'elle vient à peine de quitter : Elle est dans un paysage flou, voilé, silencieux. Un long chemin, long comme la rue Yonge, la plus longue rue de toutes, mène à un lieu gris-vert, comme elle n'en a jamais vu. Des deux côtés du chemin, il y a de l'eau, plus d'eau à droite qu'à gauche. À la fin du chemin s'élève, mais à peine, une petite colline avec quelques maisons et un bâtiment qui ressemble à un couvent. L'air est doux, imprégné d'effluves salins, le sol est sablonneux.

Ce matin-là, elle se souvient du seul voyage que la famille ait jamais fait, celui à Old Orchard Beach, dans le Maine, voyage organisé par la paroisse. Elle se souvient des longues heures d'autobus, des sandwichs ramollis, des pommes sans fraîcheur et de la limonade tiède que la mère leur offrait, des arrêts où il fallait faire la queue pour faire pipi, de la nuit passée sur la plage pour économiser l'argent prévu pour l'hôtel et, finalement, de la glorieuse levée du soleil et du ravissement qu'elle a ressenti en mettant les pieds dans l'eau.

Où est donc le dollar de sable qu'elle y avait ramassé avec tant de joie?

— Maman, demande-t-elle en prenant son café dans la cuisine de la maison de Hawkesbury, j'avais un dollar de sable, je le gardais sur la commode dans ma chambre…

— Ah, celui-là, répond la mère, il est tombé l'autre soir. Tes sœurs se le disputaient, il s'est brisé en mille morceaux.

Tout à coup, Claire se rappelle la dispute entre les parents, dans l'autobus du retour, les méchancetés échangées au sujet de l'argent dépensé. «Dépense inutile», avait dit sa mère et son père s'était tu.

Des mois plus tard, dans un des bazars de bric-à-brac de l'avenue Spadina, elle voit un dollar de sable sans défaut, avec une étiquette marquée 10 ¢. Dépense inutile? «Oh, se dit-elle, je ne vais pas commencer à collectionner des babioles?» Mais elle le désire, le joli coquillage, l'achète.

LUI

Biddeford, le 3 août 1933

Quand Louis pense que le premier Canadien français, un nommé Israël, a en 1844 fait le trajet Québec-Biddeford à pied, il se dit que lui a eu de la chance de voyager en train de marchandises, même si cela a été long. Arrêts, contrôles par-ci par-là, cheminots qui avaient l'ordre de repérer et de chasser les *trekkers*. Parfois, il a dû faire quelques milles à pied.

En arrivant hier soir, il s'est permis une petite folie. Il a mangé du poisson frais dans une joyeuse guin-guette où tout le monde parlait français. Quand le propriétaire lui a dit que cela faisait trente sous puis a pris la pièce de vingt-cinq cents que Louis lui ten-dait, l'immigrant ne s'est pas posé de question quant à cette étrange arithmétique. Après avoir bien mangé, Louis a pour un dollar soixante-quinze loué une chambre d'hôtel avec salle de bains. Grande folie? Sa grand-mère, il en est sûr, aurait approuvé la dépense. Parfois, quand on est très fatigué après avoir poursuivi pendant très longtemps un but peut-être encore mal défini, mais défini quand même, il faut se faire une petite gâterie.

En prenant un bon bain chaud, il se rappelle comment il a choisi cette ville : Biddeford. Les cours d'histoire du collège ne lui avaient pas appris grand-chose sur le mouvement des peuples. Plus tard, dans la bibliothèque de l'Université d'Ottawa, il était tombé sur un article traitant de l'émigration des Canadiens aux États-Unis. D'après l'auteur, des centaines de milliers d'Acadiens et de Québécois sont partis travailler dans les usines de l'Est américain durant la deuxième moitié du XIXe siècle : en 1870, il y aurait eu à Biddeford-Saco, centre de l'industrie textile, de nombreux francophones dont certains seraient même devenus maires de la ville. Parfois, trois générations d'une même famille auraient travaillé devant le même métier à tisser.

Qui sait ce que lui va devenir ici, en terre franco-américaine ? Il espère avoir bien choisi son nouveau lieu de résidence. De bonne humeur, content de découvrir sous le lavabo une boîte de Bon Ami, il nettoie la baignoire avant de se coucher, comme il nettoyait autrefois le petit lavabo en cuivre de sa cellule. Il n'aurait pas voulu que la bonne ait à le faire. Après tout, elle est peut-être, elle aussi, une immigrante.

Au petit-déjeuner, inclus dans le prix de la nuit d'hôtel, il lit le journal français de la ville, *La Justice,* un des 280 journaux de langue française en Nouvelle-Angleterre, fondé en 1896 par Alfred Bonneau. L'éditorial annonce la kermesse annuelle, rappelle que la paroisse Saint-Joseph comptait 1 700 fidèles en 1870 et qu'en 1932, année du dernier recensement, Biddeford avait 17 688 habitants dont 13 160 de langue maternelle française. Sans doute, il y aura grand monde à la fête! Continuant sa lecture, Auger apprend qu'il y a à Biddeford des écoles et plusieurs journaux de langue française, une chorale, une Union musicale, un groupe d'art dramatique; c'est comme un petit Canada en somme. Il se sent chez lui. Il est optimiste. Même si le journal annonce que le poste de police abrite les nombreux chômeurs qui arrivent continuellement à Biddeford — 2 484 y sont passés en 1933 et on est seulement en août —, il veut croire qu'il trouvera du travail dans cette ville. Il remonte dans sa chambre, fait le bilan de ses dépenses. Il lui reste les deux tiers du legs de sa grand-mère. Il lui faut un job, et vite. Ce matin, si possible.

Que sait-il faire? Il sait écrire, il sait faire des discours. Il sait aussi que personne ne va l'employer pour ce genre de compétences. Il sait coudre des sacs postaux. Il est vrai que la toile à bâches se fabrique dans une des filatures de Biddeford, mais il n'a pas envie d'y mettre l'aiguille. Il sait fabriquer et réparer des chaussures d'homme. Justement, une des siennes, la gauche, est en mauvais état, la semelle s'est détachée. Il va falloir mettre les souliers du mari défunt de tante Marie-Anne puis confier l'autre paire à un cordonnier.

✣

Pierre Laurendeau, maître cordonnier, 14, rue Elm. Une petite boutique sombre. Des étagères le long des murs, sur lesquelles sont entassés des souliers de toutes sortes, des noirs, des bruns, souliers d'homme, souliers de femme, d'enfant, talons plats, talons hauts, semelles en cuir, en crêpe, chaussures à lacets, à boutons, chaussures élégantes, chaussures éculées, déformées, vernies… Certaines ont l'air de dormir là. Leurs propriétaires les ont-ils oubliées? Louis, qui ne possède que deux paires de chaussures, se le demande.

— Je peux vous aider, monsieur?

Assis sur son escabeau devant le pied de fer coiffé d'un escarpin, le marteau à la main, Paul Lamontagne attend que le client se prononce.

— Croyez-vous que ça se répare?

Évidemment, Louis voudrait s'en tirer à peu de frais. Si c'était l'hiver, il faudrait peut-être les faire ressemeler, mais là, en août…

Le cordonnier se lève, prend les chaussures que Louis lui tend, les examine.

— Vous avez fait une longue randonnée dans ces chaussures, hein? La pire, c'est la gauche. Ça doit être votre façon de marcher. L'autre, vous voyez, juste là, à l'avant…

— Oui.

— Vous me les laissez? Ce sera prêt demain. Un trente sous, ça va?

❖

«Je nous ai fait un café, dit Pierre Laurendeau le lendemain à Louis quand celui-ci entre dans l'échoppe.

— Vous êtes gentil, monsieur. Merci.

Est-ce que cela se voit que le voyageur n'a pas

dormi à l'hôtel cette nuit, qu'il n'a pas fait sa toilette, qu'il n'a pas pris de petit-déjeuner?

Toujours est-il que Louis conte son histoire entière à cet homme qui par sa gentillesse lui rappelle le chef cordonnier du pénitencier. Comme si une écluse s'ouvrait, il déballe ses ambitions, sa gloire de trois ans au Parlement, sa misère de trois ans d'incarcération. Son désarroi.

— Calme-toi, mon petit! dit Pierre Laurendeau. Tout le monde fait des bêtises à un moment ou à un autre.

— Comme quoi?

L'histoire de Pierre Laurendeau est simple. Il avait dix-huit ans en 1914 quand il s'est enrôlé pour aller faire la guerre. Il faisait partie des trois cents volontaires que Paul Bruchési, archevêque de Montréal, bénit le 23 août, avant leur embarquement pour l'Angleterre; ils étaient en tout 32 000 hommes, dont mille deux cents Canadiens français. La bataille d'Ypres, celle de Vimy, il ne veut pas en parler. Il se dit chanceux de ne pas avoir été parmi les 59 544 hommes que le Canada a sacrifiés à cette guerre. Le 22 mai 1919, chanceux encore, il est parmi ceux qui défilent à Montréal pour célébrer la victoire. *Te Deum!*

— J'avais honte d'avoir été un imbécile alors que tant de Québécois de mon âge avaient évité la conscription. Un pacifiste, voilà ce que j'étais devenu. Et je le suis resté.

— T'es parti aux États tout seul?

— Non. D'abord, j'ai rencontré Suzanne, ma femme. Une Américaine, une Quakeresse.

Une Quakeresse? Louis reste muet.

— Tu ne sais pas ce que c'est? Je t'expliquerai un autre jour. Retournons plutôt à ton histoire, si tu veux.

— Je…

—Tu t'es fait attraper. T'as rencontré une fille qui ne s'est pas laissé faire. Tant mieux pour elle, à vrai dire.

— J'ai perdu trois ans.

— C'est rien. J'en ai perdu au moins cinq. Ça se rattrape. Ne te pose pas en victime, ça ne sert à rien. Et donne-moi le trente sous pour tes chaussures. Elles te feront encore un an.

❖

Les bâtiments linéaires en brique rouge dans lesquels des centaines de milliers de bobines dansent bruyamment et où cinq mille ouvriers et ouvrières s'épuisent, non, Louis Auger n'est pas sûr de vouloir y travailler. Pourtant, il se sent à l'aise dans cette ville industrielle avec ses tramways, ses deux cinémas, les grands arbres le long des rues, avec tout ce monde qui parle français, s'interpelle en français, a l'air français. «Maman!» crient les enfants et la mère apparaît sur une des vérandas — chaque maison en possède au moins deux — et répond: «Qu'est-ce qu'il y a, les petits?»

Il entre dans une boulangerie, demande si on a besoin d'aide. Non. Aurait-on besoin d'un serveur, d'un plongeur, d'un aide-cuisinier, d'un éplucheur de patates dans un des petits restaurants? d'un vendeur dans la grande épicerie? Non. D'un commis au bureau de *La Justice?* d'un porteur, à la gare? d'un homme à tout faire à l'hôtel Thacher? Non, non et non encore.

Désemparé, Auger regarde autour de lui et, tout à coup, il voit que le chauffeur assis dans une voiture du Service de taxi Melançon est en train de faire un somme. Il s'approche du véhicule, frappe à la glace avant, du côté du chauffeur. Le bonhomme sursaute:

— Monsieur?

— Je vois que vous êtes fatigué.

— Et alors? Ça arrive à tout le monde.

Auger sort son portefeuille dans lequel il a son permis de conduire renouvelé à Montréal aux frais d'un entrepreneur des pompes funèbres qui avait eu besoin d'un chauffeur pour une journée.

— Regardez. Voici mon permis de conduire établi à Montréal. Je pourrais vous remplacer pendant quelques heures.

Paul Melançon regarde cet énergumène montréalais avec étonnement. Parmi tous les chômeurs qui se baladent dans les rues de Biddeford, personne n'a jamais eu l'idée d'une telle proposition.

— *Hop in.* Je vais te montrer la ville. Ça prendra pas de temps. Ici, c'est Biddeford. On va passer par la rue Main, devant les Peperell Mills, là, à gauche, puis voilà le pont, et, ça y est, on est à Saco. Descends.

— Tu ne vas pas me laisser à Saco? Je ne m'y connais pas.

— Et à Biddeford, tu t'y connais mieux?

Melançon descend de la voiture.

— C'est toi qui vas prendre le volant. On retourne par où on est venus.

La randonnée est agréable. Auger se régale. Il aime conduire. Il ne conduit ni trop vite ni trop lentement, il fait attention aux piétons et aux autres automobiles.

— Il y a 2 200 voitures à Biddeford, le renseigne son compagnon de route.

Paul Melançon, qui a cinq enfants et dont la femme va accoucher d'un moment à l'autre du sixième, est satisfait. Est-il fou de faire confiance à Auger? En tout cas, il a besoin de rentrer chez lui. Il s'y fait conduire par son nouvel ami. Il est de ceux qui croient en la bonté humaine.

— Tiens, voici le plan de Biddeford-Saco. Va à la gare. Dépêche-toi. Il y a un train à trois heures, dans dix minutes, c'est sûr qu'il y aura des clients. Tu me laisses ton sac à dos. Comme ça je sais que tu vas revenir. Dans deux heures, s'il te plaît. Si dans deux heures et quart je ne te vois pas, je me mettrai à ta recherche.

Le chauffeur de taxi instantané se rend à la gare. Le train siffle, des passagers sortent de la gare. Un homme avec deux belles valises en cuir vient vers le taxi. Auger se précipite pour lui prendre ses bagages, les met dans le coffre.

— Vous n'êtes pas Melançon, constate le client.

Auger explique. La femme en couches, les cinq petits. Monsieur Evans ne s'y intéresse pas trop.

— On y va, dit-il.

Devant le visage confus d'Auger, il se met à rire.

— À Biddeford Pool. L'hôtel Ocean View. Le

grand, qui ressemble à un couvent. Vous connaissez le chemin ? Non ? Je vous montrerai.

Et les voilà partis. La belle aventure. Auger va voir l'océan. Il s'y attarde un petit quart d'heure, fait une marche le long de l'eau. Regarde l'horizon. Il se dit qu'il est peut-être arrivé au bout de son long voyage vers une nouvelle vie.

❖

Cinq heures moins dix. Louis est à l'heure, un billet de dix dollars en poche. Melançon arrive, s'excuse, il ne peut pas le faire entrer, sa femme… les enfants…

— Voilà ton sac. Et merci.

Il prend le billet de dix dollars, sort deux dollars de sa poche, les donne à Louis.

— Si tu veux, on peut refaire la même chose demain. T'auras vingt pour cent de l'argent gagné. Pas de clients, pas de paie. On se voit à midi. Ici.

Content de ses deux dollars, Auger se met à la recherche d'une chambre. La veille, il a couché au poste de police ; la vue des cellules au fond du poste lui a fait un grand choc, naturellement. Et bien qu'il ait dormi sans faire de cauchemar dans une cellule non verrouillée il n'a pas envie d'y retourner.

Beaucoup de maisons arborent des pancartes bilingues : *Rooms for rent* — Chambres à louer. Ce sont pour la plupart des maisons toutes blanches, en bois, carrées et hautes de trois ou quatre étages avec une véranda à chaque niveau. Elles sont proches l'une de l'autre, elles se ressemblent. Laquelle choisir ? Il frappe à une porte. Pas de réponse. À la troisième, une femme vient ouvrir.

— Vous avez une chambre à louer?

Elle lui claque la porte au nez. Une anglophone? Pourtant, il y avait une pancarte bilingue. Lui a-t-il fait peur? Lui a-t-elle trouvé un air de criminel? Il ne faut pas chercher à comprendre.

Le ciel s'assombrit, un orage approche, gronde. Tout à coup, la pluie tombe. Louis cherche un abri, voit une maison avec auvent, se met à l'abri. Quand on n'a pas beaucoup de vêtements, on n'aime pas s'exposer à la pluie et il pleut à verse maintenant. Louis grelotte un peu. La porte de la maison s'ouvre, une voix de petite fille se fait entendre:

— Papa dit que tu n'as qu'à entrer.

Louis Auger se sent enveloppé de chaleur. C'est la troisième fois qu'on accueille cordialement l'ancien détenu, à Biddeford: le cordonnier, le chauffeur de taxi et maintenant le père d'un enfant. Il entre dans un monde humain.

✢

Le 15 août 1933

Lundi matin, Louis a trois emplois. Deux heures par jour, y compris le samedi, chez le cordonnier. Il est chargé des ressemelages, ce qui permet à Paul de se consacrer à ce qu'il aime le mieux de son métier: la confection de chaussures sur mesure. Deux heures par jour, y compris le samedi aussi, avec le service de taxi Melançon, selon les arrangements convenus le premier jour. Et la paroisse Saint-Joseph lui a confié, sur la recommandation de Melançon, une heure de diction par semaine avec les membres du Club d'art dramatique de Biddeford, fondé en 1905. En tout, vingt-cinq heures qui lui rapportent quelque vingt dollars par semaine.

En tant que chauffeur, il commence à connaître Biddeford, Saco et les environs. Sa course préférée est celle de Biddeford Pool. Il est toujours ravi d'y conduire ou d'en ramener un client, et pas seulement parce que ça rapporte. Louis Mathias Auger est enchanté par le paysage de cette étroite péninsule qui s'avance dans l'Atlantique et vit selon le rythme régulier des marées. Deux fois par jour, la lagune, qu'on appelle le *pool*, se remplit, deux fois elle se vide. Le paysage change, la lumière change; Louis ne se lasse pas de contempler le tableau que peint la nature.

— Hélas, ça ne durera pas, les courses de Biddeford Pool, lui dit Melançon. Ce n'est qu'une villégiature. L'hiver, il n'y a presque personne.

Mais Louis ne sera pas sans travail: il sait d'expérience que c'est durant l'hiver que la plupart des chaussures ont besoin de réparations. Que c'est quand il fait mauvais que les gens n'ont pas la patience d'attendre le tramway et prennent vite un taxi. De plus, les adhérents du Club d'art dramatique envisagent d'augmenter les heures de diction afin de mieux se préparer à leur présentation du mois de novembre, au moment du *Thanksgiving* américain. Financièrement, il ne s'en fait donc pas trop.

Il a loué un petit logis, chambre, cuisine et salle de bains, au troisième étage de la maison dans laquelle on l'avait invité à entrer lors de l'orage de la semaine précédente. Les parents de la petite fille à la voix douce sont des instituteurs; ils enseignent à l'école de la paroisse Saint-Joseph. Ils font partie du Club d'art dramatique et tiennent à ce que l'on prononce bien le français, sur les planches et en général.

— Tu parles comme un Français, dit la petite Andrée avec admiration.

— Tu connais des Français?

— Les acteurs dans les films, ils parlent comme toi.

— J'ai fait mes études chez des moines, les Oblats. Pas de laisser-aller chez eux. Il faut parler comme ça.

Louis fait la bouche en cul de poule. Andrée se tord de rire en l'imitant.

Louis se souvient de ses cours de rhétorique. À l'occasion de sa première rencontre avec les comédiens de Biddeford, il leur parle de Démosthène, l'un des plus grands orateurs de l'Antiquité, qui avait un défaut de langue: il bégayait. Pour se corriger, l'orateur se mettait de petits cailloux dans la bouche et allait réciter des vers au bord de la mer, aux heures où les flots étaient des plus agités.

Il paraît que certains des comédiens ont, sur le conseil d'Auger, suivi l'exemple de l'orateur grec. Ainsi, on a pu voir cet automne-là, sur la plage de Biddeford Pool, des Canadiens français qui, cailloux dans la bouche, déclamaient des fables de La Fontaine devant les vagues de l'Atlantique. Des gens dont la maison donnait directement sur la plage s'étaient réveillés au son de leurs voix. C'est du moins ce qu'avait rapporté Lise, une enseignante de l'école Saint-Joseph. Elle habitait une modeste maison à Biddeford Pool, pas sur la plage où les maisons coûtaient cher mais du côté de la lagune.

— Surtout, ne crois pas que je suis riche, avait-elle à la fin de son rapport expliqué à Louis. Mes parents m'ont donné cette maison que j'adore. Une pièce qui sert de tout, une petite toilette avec lavabo. Eau froide. Pas de chauffage. Je ne sais pas si je vais y rester cet hiver.

Ce n'est pas encore l'hiver, c'est à peine le début du mois de septembre. Lise prépare un pique-nique pour quelques amis.

— Viens donc dimanche, dit elle. Vers cinq heures. Tourne à gauche au pont, puis c'est la deuxième maison, à gauche encore. Il n'y en a pas de plus petite.

❖

Biddeford Pool, septembre 1933
Paul et Suzanne Laurendeau, Pierre et Hélène Melançon et leurs cinq enfants, Michel et Gabrielle Forand et leur fille Andrée, Lise a pour ainsi dire invité tous les bienfaiteurs de Louis. Elle a sorti toutes les chaises qu'elle possède, les a placées en demi-cercle dans le sable derrière sa maison. Les enfants s'assiéront dans l'herbe.

À l'arrivée des invités, elle a mis les plus grands des enfants en garde. S'ils veulent aller à la plage, il faut qu'un adulte les accompagne à l'avant de la maison, les surveille, pendant qu'ils traversent la route qui les sépare de la plage. Et au retour, ils doivent appeler et quelqu'un ira les chercher. Pierre rit :

— Voyons donc, les voitures s'arrêteront pour les laisser passer !

Lise préfère savoir tout le monde en sécurité. C'est la partie institutrice de sa personnalité :

— Faites comme je vous l'ai dit. Et attention encore : défense de cueillir des fleurs dans les dunes. Ce qui pousse là sert à tenir les dunes en place.

Tout le monde a apporté de quoi boire et manger, de la salade de pommes de terre, des œufs durs, du jambon, des tomates, des pêches, du gâteau. Lise a acheté à la Biddeford Pool Lobster Company des homards déjà cuits. Sur son conseil, Louis a apporté deux bouteilles de vin rouge.

— Tout le monde préfère le rouge, lui a-t-elle dit. Heureusement. Moi, je n'aime pas le vin blanc.

— Moi non plus.

Ils semblent avoir pas mal de choses en commun.

Ce soir, Louis est plutôt taciturne. Il craint les questions qui le forceraient à dévoiler son parcours : études, politique, prison, émigration. Comme personne ne lui en pose, il conclut qu'ils doivent le prendre pour ce qu'il prétend être, c'est-à-dire un chômeur itinérant. Et la plupart des Canadiens français de Biddeford ne sont-ils pas des descendants de Canadiens errants ?

Il se rend compte que, ces dernières années, peut-être depuis ses procès, il a surtout pensé à lui-même, à sa propre survie. Il entend les autres discuter du nouveau chancelier allemand, Hitler, de la guerre qui s'en vient, constate qu'il n'a rien de solide à contribuer à la discussion. Il ne va quand même pas, par cette belle soirée amicale, révéler à tout ce beau monde qu'il a connu un Allemand antinazi au pénitencier de Kingston, un ancien instituteur coupable de la mort accidentelle de sa femme.

Il se sent un peu exclu, mais se dit aussitôt de ne pas se laisser abattre. Il y a moyen de remédier à son ignorance, il n'a qu'à aller à la bibliothèque publique de Biddeford, y lire les journaux.

Le lieu du pique-nique fait face à la lagune, dont le bassin se remplit très lentement de l'eau de mer. À droite, à environ un mille, Louis voit le port de plaisance, où quelques voiliers sont ancrés. À gauche, un peu plus proche, il y a la route qui du littoral mène à la péninsule. De l'autre côté du *pool*, un château d'eau métallique se dresse contre l'horizon. Peint en vert clair, presque délavé, il s'assombrit comme pour annoncer que le soleil va bientôt se coucher derrière les collines peu élevées, les arbres. Une profusion de couleurs signale l'approche de cet événement : contre le ciel bleu et l'eau sombre apparaissent des bandeaux de jaune, d'orange, de vermillon, de mauve et de pourpre ; le soleil les emmènera se coucher avec lui.

Il commence à faire frais. Les enfants reviennent de la plage, les plus grands apportent du bois sec pour le feu. Lise enveloppe les petits dans de grandes couvertures. Paul allume le feu. Gabrielle chante la vieille chanson sur Saint-Malo, beau port de mer. Vers sept heures, les gens se préparent à partir.

— Écoutons encore un disque, dit Lise, il est trop tôt pour partir.

Elle met un disque avec des mélodies de Schubert d'une douceur sans pareille.

·❖·

«As-tu des diplômes? demande Michel Forand à Louis, qu'il a invité à venir le voir à l'école Saint-Joseph. Un professeur nous a fait défaut. On pense à te confier les cours de français à partir de la neuvième année.»

Prévenu par Lise, Louis sort son diplôme de l'Université d'Ottawa. Ce n'est pas un certificat de pédagogie, mais c'est certes un diplôme d'études françaises. L'accord est vite conclu. Louis devient enseignant. Cela vaut bien un appel téléphonique à sa mère, qui remercie le ciel d'avoir pris soin de son petit.

— L'été prochain, maman, tu viendras me voir ici. Tu prendras le train, je t'enverrai un billet aller-retour.

A-t-il peur d'affronter les adolescents? Un peu. Mais la discipline règne dans cette école. Les élèves se mettent debout quand le professeur ou un autre adulte entre dans la classe. Ils attendent alors la permission de se rasseoir. Ils font leurs devoirs, ils ne bavardent pas trop. De toute façon, Louis s'efforce de faire preuve de patience. Il leur lit des contes, des romans, pense qu'ils vont améliorer leur prononciation teinte d'anglais en l'écoutant. Il lit les contes de Daudet aux élèves de la neuvième, du Balzac à ceux de la dixième et, à la onzième, des extraits du roman de Zola, *Germinal,* dont les thèmes correspondent dans une certaine mesure à ce que ces jeunes vivent. Tous l'écoutent avec intérêt, commencent à aimer la littérature. Louis découvre que souvent les esprits les plus rebelles se calment au contact d'un bon livre.

Pour la ville comme pour l'école, le clou du premier trimestre est la représentation de *L'école des femmes* avec Lise Thibaudet dans le rôle d'Agnès, Paul Melançon dans celui du vieux misogyne Arnolphe et Louis Auger en tant que Horace, l'amoureux assez maladroit d'Agnès. Prenant des libertés avec Molière, les amateurs de musique de Biddeford ont ajouté une scène finale durant laquelle les acteurs et le public dansent au rythme d'un violoneux enthousiaste.

Louis n'a pas complètement abandonné son travail de cordonnier. Avec l'aide de Paul, il confectionne son cadeau de Noël pour Lise : une belle paire de bottes. Rouges, en bon cuir doux et souple acheté dans la grande tannerie de Saco. Lise ayant, à la fin de l'automne, apporté une paire de sandales dont il fallait recoudre des lanières, la pointure a été facile à déterminer. Louis imagine Lise en manteau noir et bottes rouges, en jupe longue et bottes rouges, il imagine Lise…

Mais il ne peut pas lui faire ce cadeau avant de mettre les choses au clair. Il doit avant la fête lui dire la vérité sur son passé. Il doit lui dire qu'il a violé une jeune fille, qu'il a passé trois ans en prison, dont deux au pénitencier de Kingston. Que depuis il ne sait plus comment se conduire avec les femmes. Il imagine la scène, en fait la répétition : lui, debout, en train de réciter son long et pénible discours, s'attendant tout le long du récit à ce que Lise le mette à la porte, lui dise de reprendre son chemin. Il imagine son amie en train de pleurer, en train de dire qu'elle ne veut plus jamais le voir, qu'il faut qu'il rentre chez lui, au Canada, que l'enfer l'attend au bout de son chemin et qu'elle désire l'oublier sur-le-champ. « *The hell with you!* » dirait-elle avant de lui montrer la sortie.

Il n'en sera rien. Sans qu'il le lui dise, Lise comprend qu'il regrette ce qu'il a fait, non seulement parce que cela lui a valu trois longues années de prison, mais parce qu'il a eu tort de traiter une femme ainsi. Elle ne lui parle pas de péché ni de damnation. Elle l'embrasse, lui dit qu'elle va lui apprendre la tendresse, que la vie peut être simple et même heureuse.

⁙

Mars 1934

Suzanne, Pierre, Michel et Gabrielle ont invité plusieurs personnes pour leur parler de la Société des amis, ou Quakers, dont ils font partie. Ils ne cherchent pas à trouver d'autres adeptes car d'après eux on ne recrute pas pour le mouvement.

— Ceux qui cherchent viendront sans qu'on les appelle, disent-ils.

Mais par ce dimanche pluvieux du mois de mars, ils veulent expliquer les principes du groupe à leurs amis.

Pas d'église. Pas de prêtre. Pas d'intercesseur entre l'homme et Dieu. Foi en la bonté humaine. Pacifisme. Égalité entre les sexes. Simplicité. Tolérance. Justice sociale. Justice. C'est dans la lutte pour ces derniers principes que les deux couples cherchent l'aide de leurs amis.

— Il y a tant de chômeurs sans abri à Biddeford, dit Suzanne.

— Il faut créer un réseau d'entraide, dit Pierre.

— Les bibliothèques dans les prisons n'ont pas assez de bons livres, dit Michel.

— Il faut faire quelque chose, s'entend dire Louis.

Et le voilà à faire du bénévolat. Michel et lui organisent une collecte de livres et d'argent : les livres sont envoyés directement aux bibliothèques, l'argent achète de nouvelles publications. Il faut prendre contact avec les directeurs de prison, leur rendre visite, s'enquérir de leurs règlements concernant la lecture que peuvent faire les détenus, faire le tour des bibliothèques. Au début, Louis trouve la tâche difficile, mais il s'aperçoit que Michel aussi se raidit quand il entre dans une prison.

— Tu n'es pas à l'aise, dit-il à son ami.

— Ce sont les murs, les portes qui s'ouvrent et se referment, c'est comme si je me faisais avaler par l'institution.

— Moi, explique Louis, c'est l'odeur et les bruits.

— On fait un beau couple de bénévoles.

Sur le chemin du retour, Louis raconte encore une fois son histoire, s'étonne de voir que son interlocuteur ne s'affole pas. Non, Michel continue de conduire sa voiture comme si tout ce que Louis décrit n'avait rien d'extraordinaire. Il rit des histoires de la bibliothèque du pénitencier de Kingston, des leçons d'allemand ; il comprend que le suicide du vieux Bohner continue d'émouvoir son camarade.

— Nous pourrions entreprendre des recherches sur la question des suicides dans les prisons, dit-il.

— Sur la violence, ajoute Louis.

— Les punitions.

— On n'en finira jamais, conclut Louis, mais ce n'est pas une raison pour ne pas s'y mettre.

✣

Été 1935

Lise est une personne raisonnable. Ça fait longtemps qu'elle est amoureuse de Louis, ça fait longtemps aussi que Louis passe de temps à autre une nuit dans sa maison, mais jusqu'à maintenant elle n'a jamais parlé de cohabitation.

C'est quand il lui propose de profiter des vacances d'été pour agrandir cette maison, d'y ajouter une belle cuisine, un grand séjour avec des fenêtres des trois côtés qui permettront de voir le *pool* sous toutes les lumières, en plus d'une terrasse, à l'arrière aussi, qu'elle se dit que son amant est sérieux et elle l'invite à venir vivre avec elle.

Tout l'été, ils travaillent comme des fous. Ils se font maçons, charpentiers, menuisiers, vitriers, couvreurs, tapissiers, planchéieurs, carreleurs… et Lise est trop occupée pour insister qu'ils trouvent le féminin de toutes ces appellations. Quant à la plomberie et à l'électricité, ils font appel aux professionnels.

Puis, quand à la fin de l'été Louis commence à parler de la possibilité d'ajouter dans un an ou deux un autre étage à la jolie maison en bois couverte de bardeaux de cèdre, elle se dit qu'ils pourraient tout aussi bien se marier. Ce qu'ils font.

ELLE

Claire a vingt-cinq ans. Pas de mari. Pas d'enfant. Faut-il absolument que chaque femme mette un enfant au monde? Les quelques fois qu'elle a couché avec un homme — toujours plus ou moins par curiosité, jamais par passion —, elle a insisté sur l'usage d'un condom. Depuis la conférence d'Emma Goldman, elle croit au droit de la femme de contrôler son corps. Elle pense à ses grands-mères et à leurs nombreux enfants, à ses tantes, à ses cousines du même âge qu'elle et qui ont déjà plusieurs enfants. Elle a entendu parler de la clinique du docteur Elizabeth Bagshaw, à Hamilton. Ce médecin s'inquiète du sort des femmes, surtout de celles appartenant à la classe ouvrière. Ces femmes font face à des grossesses dont elles ne veulent pas. Comme leurs parents, les enfants travailleront pour un maigre salaire dans les usines du pays.

Les condoms coûtent cher et les hommes n'aiment pas s'en servir. Ils n'en achètent pas.

— Tu veux que je mette un truc comme ça? Ça me coupe l'envie! Je vais devenir impuissant... Je préfère les femmes qui....

L'Église catholique condamne l'usage de tout produit empêchant la procréation : les préservatifs, les diaphragmes, les gelées contraceptives. Par conséquent, les pharmaciens catholiques n'en vendent pas.

À Kitchener, Alvin R. Kaufman, un homme courageux, a ouvert un Bureau de renseignements sur la contraception. Il emploie cinquante-trois femmes qui distribuent partout au Canada de la documentation sur le contrôle des naissances et cela surtout parmi les familles démunies.

Claire songe à lui offrir ses services mais, quand elle apprend qu'à Eastview, quartier francophone populaire d'Ottawa, une de ces femmes s'est fait arrêter, son courage s'évanouit. L'arrestation de Dorothea Palmer était advenue sur l'insistance d'un avocat, maître Raoul Mercier. Madame Palmer est arrêtée en vertu d'un article du Code criminel pour avoir distribué des dépliants et peut-être même des préservatifs gratuits.

Mercier... Mercier... Raoul Mercier, n'était-ce pas un des avocats de la défense d'Auger au premier procès, en mars 1929? Eh oui! Tout à coup, Claire a vraiment envie de se porter au secours de madame Palmer. Un groupe pour la défense de cette femme se forme à Toronto, vingt femmes se rendent à Ottawa témoigner en sa faveur. Elles déclarent ne voir aucun crime dans ce qu'elle faisait et qu'au contraire ses services étaient des plus utiles.

Claire n'a pas fait partie du groupe. Elle en avait eu l'intention, puis la peur l'avait saisie. Peur des journalistes qui auraient pu la découvrir, se rappeler les accusations de vie délurée portées contre elles en 1929 et conclure qu'elle n'avait pas changé depuis ce temps. La honte encore!

Toutefois, quand le Standard Movie Theatre annonce une fête pour célébrer l'acquittement de Dorothea, elle s'y rend et contribue vingt dollars à la levée de fonds organisée par une société travaillant à faire connaître les bienfaits du contrôle des naissances.

La deuxième semaine du mois de juillet 1936 est extraordinairement chaude. Le thermomètre montre 105 degrés Fahrenheit. Un individu avide de notoriété se fait cuire un œuf sur le trottoir, devant l'hôtel de ville. L'a-t-il mangé? Les journaux n'en disent rien.

Les Torontois dorment dans les sous-sols, dans les parcs, dans leurs jardins, sur les toits, sur les plages et dans les îles. Claire et Jeanne dorment l'une sur le balcon, l'autre dans la baignoire. Parfois, quand il est vraiment trop difficile de s'endormir, Claire téléphone à son père; ils se parlent longuement. Elle comprend qu'on ne peut pas quitter sa famille pour de bon.

Lui

Février 1938

Louis est surpris quand il trouve dans la boîte pos-
tale au bureau de poste de Biddeford Pool une lettre
qui lui est adressée par son père ; d'habitude, c'est sa
mère qui lui écrit. Il met la lettre dans sa poche, se
dirige vers la plage. Face à l'océan, il ouvre l'enveloppe, lit.

Cancer du poumon. Sa mère est morte d'un cancer du poumon. Elle, qui n'a jamais fumé, est morte
d'un cancer du poumon. Louis regarde devant lui,
ne comprend pas. Il s'accuse d'avoir fumé en sa présence, en compagnie de son père et de ses frères. Elle
a respiré l'air qu'ils ont pollué. Elle est morte.

Quand la maladie s'est-elle déclarée ? Pourquoi
ne le lui a-t-on pas dit ? Pourquoi personne ne lui
a téléphoné ou télégraphié pour l'avertir ? Pourquoi
sa mère elle-même n'a-t-elle jamais laissé entendre
qu'elle était malade ? Et quand elle est morte, son
père et ses frères se sont-ils dit que de toute façon le
fils absent ne viendrait pas, qu'il était loin, qu'il avait

quitté la famille il y a six ans sans jamais revenir à la maison ? qu'il ne dépenserait pas l'argent nécessaire pour assister à l'enterrement de sa mère, qui a eu lieu il y a maintenant quinze jours ?

« Nous venons d'enterrer ta mère… »

Louis est furieux, blessé, désemparé. Il voudrait faire quelque chose mais ne sait pas quoi. En vérité, il n'y a rien à faire. Il y avait quelque part dans le monde, quelque part, dans un village appelé L'Orignal, sa mère qui l'aimait. Soudain, il n'y a plus rien, plus personne et c'est irréversible. Il a tu tant de choses qu'il aurait pu lui dire… Il aurait voulu lui tenir la main, la bercer comme une enfant, la rassurer de son affection, de son amour, mais plus rien n'est possible, elle est morte. Il aurait dû lui écrire plus souvent, l'appeler plus souvent, savoir intuitivement qu'elle n'allait pas bien, entendre dans sa voix qu'elle avait mal, qu'elle souffrait.

Louis continue à se répéter ce refrain, ne sachant pas encore qu'il n'oubliera jamais sa mère, qu'il aura pendant toute sa vie des conversations imaginaires avec elle, qu'il la verra s'approcher de lui et s'en aller et revenir encore. Il ne l'oubliera pas, il la gardera avec lui, dans sa mémoire, dans sa conscience, dans sa pensée.

❖

C'est Lise qui explique à son mari que la mémoire est comme une immense bibliothèque ou comme une galerie d'art, une pinacothèque, un musée sans murs dans lequel nous emmagasinons, que nous le voulions ou pas, ce qui risquerait autrement de disparaître. À tout moment, nous pouvons avec un peu de chance, grâce à un mécanisme mystérieux, essayer de faire revenir à nous un objet, un livre, un parfum, un goût, une chanson, un paysage, une personne.

— Ta mère y aura une place d'honneur, lui promet-elle avec toute la tendresse dont elle est capable et qui le console si souvent des angoisses qui l'habitent encore.

Tard le soir, elle lui met le disque qu'il préfère quand il a mal : *Fidelio*, célébration de l'espoir, de l'amour, du courage et de la fidélité.

Elle

Au grand plaisir de monsieur Moore, Claire introduit un nouveau service au Quick-and-Precise. Elle avait remarqué que de plus en plus de femmes compétentes se présentaient au bureau à la recherche d'un travail même d'une journée. Grâce au nouveau service, elles pourront travailler : des hommes d'affaires pourront engager des sténodactylos pour un ou plusieurs jours, les hôtels serviront d'intermédiaires et fourniront au besoin une salle de travail et des machines à écrire.

— Excellent, excellent, dit monsieur Moore, se demandant en vain pourquoi il n'a pas lui-même eu cette brillante idée.

Il se voit forcé d'augmenter le salaire annuel de sa collègue à 1 700 $.

— Je ne sais pas comment tu fais, dit Jeanne à sa colocataire, tu en as de ces idées !

Claire rit.

— Il est temps que je commence à faire des économies.

Puis, elle s'en va faire du sport.

⁘

« Tu sais, lui dit un jour Bobby Rosenfeld, une des Matchless Six, équipe célèbre des Jeux olympiques d'été de 1928 à Amsterdam, tu devrais faire partie du Business and Professional Women's Club. Toi, entrepreneur… »

— N'exagérons pas, répondit Claire, et, à dire vrai, je n'ai pas besoin d'une autre organisation *WASP* dans ma vie.

C'est la première fois qu'elle se permet une telle remarque.

Bobby ne se fâche pas.

— D'abord, je ne suis ni anglo-saxonne ni protestante. Je suis née en Russie. Je suis juive. J'avais un an quand ma famille a immigré au Canada en 1905. Nous avons vécu à Barrie. En 1922, nous avons déménagé à Toronto et j'ai commencé à travailler à la Patterson Chocolate Factory, où il y avait un club sportif. J'ai joué à la balle molle avec l'équipe de balle molle Factory Girls.

— Je ne savais pas…

— Parfois, ma chère, j'ai l'impression que tu crois que tous ont la vie plus facile que toi. Tu joues à la victime : « Moi, la pauvre Franco-Ontarienne dans la méchante ville anglaise… » Arrête-moi ça. Deviens membre du Business and Professional Women's Club, du CCF, si jamais tu veux faire de la politique. Et tant que tu y es, inscris-toi dans un de ces clubs paramilitaires pour femmes. Il y en a plein, partout.

— Tu en fais partie?

— Non. Je suis trop vieille. J'ai de l'arthrite. Je ne pourrais pas tenir un fusil pendant très longtemps. Mais toi, ça t'irait à merveille et tu te ferais d'autres amies.

Marche forcée. Tir à la carabine. Premiers soins. Conduite automobile et mécanique. Signalisation. Code morse. Claire passe ses week-ends à apprendre. Va-t-elle s'engager dans l'armée si jamais le conflit éclate? Elle y pense vaguement, mais elle y pense.

✣

En septembre 1939, le Canada déclare la guerre à l'Allemagne, mais c'est seulement le 13 août 1941 que le gouvernement autorise la création du Service féminin de l'Armée canadienne. Claire va-t-elle se porter volontaire? Non, probablement pas, car elle s'est découvert un problème, un problème linguistique qui l'ennuie de plus en plus. Tout ce qu'elle fait, elle le fait en anglais. Le bureau, le sport, l'entraînement paramilitaire, le cinéma, la radio et même le flirt occasionnel, c'est en anglais que cela se passe. Il y a Jeanne, avec qui, bien sûr, elle parle français, le matin, quand elles sont toutes deux pressées, et le soir aussi, mais alors elles sont fatiguées et peu disposées à de longues conversations. Les discussions nocturnes avec son père ne sont pas un remède non plus. Claire est agacée. Parfois, quand elle réfléchit, elle doit chercher ses mots, ne les trouve pas. Elle commence même à penser en anglais. Son français s'amenuise.

Pas une seule francophone dans le groupe avec lequel elle fait l'entraînement paramilitaire. Elle ne s'en étonne pas. D'après les journaux, les Québécois ne veulent rien savoir du service militaire ni de la guerre en Europe, pour une raison surtout : 55 000 volontaires canadiens-français font partie de l'Armée, mais plus de la moitié servent dans des unités exclusivement anglophones. Elle en parle avec le major Jean-Marc Bergeron, Franco-Ontarien bilingue lui aussi. Il est un des officiers que l'Armée envoie parfois inspecter le progrès de ses femmes soldats lors d'un de leurs exercices. Il est jeune, il est beau et il parle toujours anglais.

— *Nobody would understand me if I didn't speak English.* À part, ajoute-t-il vite, à part vous, Claire.

Les Franco-Ontariens le savent. Si l'on veut réussir dans ce pays, il faut s'exprimer en anglais. L'autre langue, la maternelle, la bien-aimée, c'est pour la vie privée.

— *Service overseas means Britain and speaking English. But I hope I'll get to France and Belgium also.*

Servir outre-mer. L'esprit d'aventure de Claire s'anime.

❖

Le Quick-and-Precise continue à avoir bonne renommée et sa directrice aussi. Travail toujours complété à l'heure, directrice serviable vis-à-vis de ses clients, honnête et juste vis-à-vis de ses employées. En fait, tout va si bien que Claire commence à s'ennuyer un peu dans ce bureau où il n'y a plus rien à inventer. Tout marche comme sur des roulettes, elle n'a pas besoin de s'en faire. Monsieur Moore se mêle de moins en moins des opérations. Claire Martel a le temps de rêver, de laisser courir son imagination.

Est-ce que l'armée n'aurait pas besoin de secrétaires? de sténodactylos et de téléphonistes bilingues? de radiotélégraphistes et de radionavigateurs parlant les deux langues de ce grand pays? Claire, l'entreprenante, écrit à Ottawa, explique son affaire de bilinguisme dans les communications militaires.

La réponse se fait attendre. Mais, ô surprise! on lui téléphone, on lui fait savoir que, oui, l'Armée s'intéresse à ce qu'elle a à dire.

Claire est trop intelligente pour croire aux miracles — personne ne va lui confier la tâche d'organiser le secrétariat de toute une armée —, mais quand Elizabeth Smellie, premier officier administrateur du Service féminin de l'Armée canadienne, lui conseille d'aller faire son entraînement de base à Kitchener, puis son entraînement d'officier à Sainte-Anne-de-Bellevue, elle accepte sans sourciller. Monsieur Moore, les employées de Quick-and-Precise, tout le monde essaie de la dissuader de faire ce grand pas dans l'inconnu. Imperturbable, Claire se lance dans l'aventure.

Kitchener, Sainte-Anne-de-Bellevue. Claire s'entraîne, apprend, réussit tous les examens. Elle se dirige vers des cours de spécialisation dans le chiffrement et le déchiffrement, acquiert une parfaite maîtrise du code morse et du code *kana* — ce code japonais si rapide qu'on ne peut le transcrire qu'avec un clavier japonais.

Fière dans son uniforme au col orné de la tête casquée d'Athéna, Claire Martel, lieutenant, s'embarque, fait en convoi la dangereuse traversée de l'Atlantique — la Bataille de l'Atlantique allait coûter la vie à 50 000 personnes dont 33 000 sous-mariniers allemands — pour aller travailler au quartier général de l'Armée canadienne à Londres.

Heureux hasard, elle y retrouve Jean-Marc Bergeron. Il jubile en la voyant:

— Allons faire une promenade dans Hyde Park! Allons voir Buckingham Palace. Marble Arch. Oxford Street et Trafalgar Square. Mangeons à Soho. Prenons le métro... Visitons tous les pubs même s'ils n'ont pas toujours de la bière.

Entre les promenades du soir, les nuits d'amour, les *drills* militaires obligatoires du matin et les huit heures de travail par jour, Claire est plus occupée que jamais. Et heureuse. Il y a Jean-Marc, qu'elle voit au moins deux fois par semaine quand il n'est pas en mission quelque part, et il y a aussi le fait qu'elle est dans un environnement de travail où les langues et la façon de les traduire ont la plus haute importance. Elle entend le français, l'allemand, le russe, le polonais, le hollandais, l'espagnol, le japonais et plus; l'immeuble dans lequel elle travaille ressemble à une tour de Babel. Et elle y est à l'aise.

À toutes ces heures s'ajoutent celles des attaques aériennes. La plupart du temps, elles commencent quand les Londoniens sont endormis. D'abord, l'horrible chant des sirènes, la descente dans l'abri, l'attente, le bruit des avions, des bombes, des ambulances et des camions de pompiers. Les vitres des fenêtres éclatent, les morceaux de shrapnell s'éparpillent dans les jardins, les parcs, sur les trottoirs. Les maisons sont en flammes, s'écrasent. Plus tard, on appellera cette période celle du petit *blitz*, le vrai *blitz* ayant eu lieu entre 1940 et 1941. Mais Claire ne connaît pas cette différence. Chaque fois que le signal du *all-clear* se fait entendre, elle se dit qu'elle est chanceuse d'avoir de nouveau été épargnée. Elle pense à ses parents, à Jeanne, aux employées de Quick-and-Precise, à ses amies de la rue Spadina et aux autres, les *WASPS,* même à monsieur Moore, bref, à tous ces Canadiens qui, eux, ne connaissent pas ce danger nocturne. Elle leur en parlera quand la guerre sera finie. Il va falloir que le monde y réfléchisse, que la violence cesse.

Quand la guerre sera finie… Souvent, leurs discussions commencent par cette phrase. Où vont-il vivre? Jean-Marc, géologue diplômé, pense à Sudbury. Claire préférerait Toronto. Ottawa? Claire projette ouvrir une agence de traduction commerciale. Vite et bien, elle l'appellerait. Traduction du français à l'anglais et vice versa. Qui lui commanderait des traductions dans une petite ville comme Sudbury? C'est à Ottawa qu'il y a le gouvernement fédéral, à Toronto, les hommes d'affaires.

Jean-Marc se laisse convaincre. Ils vivront ensemble, ils se marieront, créeront une famille. Quand la guerre sera finie…

Lui

Biddeford Pool, mai 1946

Malgré son travail pour les détenus dans les prisons du Maine, pour le désarmement, son horreur des catastrophes de Hiroshima et de Nagasaki, malgré tout ce qu'il lit dans le *New York Times* et *Le Devoir* et ce qu'il discute avec ses élèves, Louis ne ressent plus le désir de se mêler du sort public. Il soutient Lise, qui a repris le flambeau en acceptant une nomination au conseil municipal ; il l'aide en distribuant ses dépliants, en téléphonant à de possibles électeurs.

Lui-même fait partie de ceux qui, horrifiés par ce qui s'est passé à Dresde, à Hiroshima, par les conséquences de l'Holocauste, se détournent d'une éventuelle participation dans le quotidien des partis politiques. De plus, réside en lui la conscience intime et claire de sa propre brutalité, exercée une fois contre un jeune être innocent, Laurence Martel. Il a besoin d'équilibrer sa conscience du mal en prenant conscience de la beauté et du bonheur.

C'est pour cette raison qu'il s'adonne à la peinture, à l'aquarelle. Encouragé par un vieux monsieur qui demeure au village, Louis a commencé modestement par quelques premiers essais.

— Pourquoi avoir choisi l'aquarelle? lui a demandé son nouvel ami.

— À cause de la douceur, a répondu Louis, et parce que nous sommes entourés d'eau ici.

Au début, il avait pensé peindre les oiseaux de la région, les placer dans les paysages. Leurs silhouettes lui plaisaient, leurs vols. Leurs noms aussi: goéland argenté, arlequin plongeur, chouette chevêche, pluvier siffleur. Cependant, il devait bientôt se rendre compte qu'il n'avait pas l'œil pour le détail, comme la barre noire sur le front du pluvier siffleur, les épaulettes du carouge mâle. Il s'est concentré alors sur les dunes et les plantes qui y poussent malgré le vent qui les oblige à se pencher continuellement. Combien de verts y a-t-il dans la palette de ces plantes? Louis a acheté dix tubes de verts différents, allant du vert clair émeraude à un vert si sombre qu'il ressemble au noir. Et quand aucun des dix ne le satisfait tout à fait, il ajoute d'autres couleurs pour mieux rendre ce qu'il voit.

Monsieur White lui conseille de copier des œuvres de Cézanne, de Klee, de Turner et de Macke. Il y prend plaisir, se fait la main, commence à oser se prendre au sérieux. «En regardant les animaux et les plantes, on sent leur mystère, dit Macke, entendre le tonnerre, c'est sentir son mystère, mais comprendre le langage des formes, c'est se rapprocher du mystère, c'est vivre.»

Louis lit, dans un livre sur le voyage à Tunis que firent Klee et Macke, les paroles suivantes de ce dernier :

Nous ne demandons pas à l'œuvre d'art de nous produire la liste exacte de ce qu'il y a dans la nature. Si l'art possédait le moyen de tout nous donner, arbres et écorce, pépiements des oiseaux et tonnerre, lumière du soleil et eau, il referait la nature. Demander cela à l'art, c'est demander tout d'abord quelque chose sans utilité et deuxièmement quelque chose d'impossible. Non, l'œuvre d'art est un mensonge bien fait, une bonne sélection, un miroir de l'émotion.

Louis s'émerveille devant la lumière, devant les couleurs, leurs mouvements, leur fluidité. Le *pool,* toujours changeant selon la lumière et les marées, reste son paysage favori, tel qu'il l'observe de la terrasse à l'arrière de la maison. Il a trouvé son espace, son pays.

Elle

C'est à Paris que Claire se rend compte qu'elle est enceinte. Pas de règles. De petites douleurs dans les seins. Une ou deux nausées matinales. Elle va voir le médecin :

— Il n'y a pas de doute, lieutenant.

— Je ne suis pas trop vieille ? J'ai trente-quatre ans.

— Ma mère a eu son premier, moi pour être précis, à trente-huit ans. Ne vous inquiétez pas. D'après ce que je vois, vous êtes en pleine forme.

Bon. Un bébé. La mère à Paris, le père à Berlin. «Un bébé ?» répète-t-il, ravi, quand elle l'appelle. Avec lui, tout est simple. Toujours.

Pour commencer, il faut se marier dare-dare, avant que les autorités ne découvrent le pot aux roses. Comme il n'est pas possible de se marier à distance, ils décident de se rencontrer à Frankenthal, petite ville allemande dans la zone d'occupation française, à mi-chemin à peu près entre Berlin et Paris. Les

175

trains militaires du trajet Berlin-Paris-Berlin s'arrêtent à Frankenthal. D'après l'horaire, le lieutenant Martel et le lieutenant-colonel Bergeron pourraient s'y retrouver un vendredi, se marier le lendemain et le dimanche repartir chacun de son côté. Il leur faut donc des congés de trois jours et aussi un aumônier. Ils cherchent et en trouvent un, le père Sabourin d'Iroquois Falls, stationné à Frankenthal avec les forces canadiennes. Jeune, gentil, drôle, indifférent en ce qui concerne les règlements. Ils n'ont pas été à la messe depuis des années? Ils ont succombé à la tentation? Le bon Dieu le leur pardonnera et lui, l'aumônier, les mariera. Il leur trouve même les deux témoins obligatoires. La cérémonie ne pourra pas se passer dans une belle cathédrale? Tant pis, elle aura lieu dans le mess des officiers britanniques. Ce qui importe, c'est que l'enfant vivra dans une famille heureuse.

Jean-Marc organise tout et Claire en est contente. La grossesse la fatigue un peu, chaque soir elle se couche le plus tôt possible. Elle va finir le stage qu'elle fait à Paris — *Introduction aux futurs moyens cybernétiques de la communication militaire* —, puis elle va démissionner. La section 11S nomme la seule raison permettant de quitter les forces: une grossesse. De toute façon, personne ne lui reprochera de vouloir se sauver. La guerre est gagnée, la guerre se termine, l'Armée prépare déjà la démobilisation de son Service féminin.

⁜

Deux mois plus tard, Claire rejoint son mari à Berlin, où il a entre-temps préparé le nid familial dans une des maisons confortables louées par les forces d'occupation.

Berlin. Grande ville au climat tempéré où l'on respire bien, où il fait bon vivre. Jean-Marc énumère des détails alors que Claire est déjà tout à fait convaincue : les forêts berlinoises occupent 16,4 % de la superficie de la ville, ses rivières et lacs un autre 6,5 %. 10,3 % sont, dit-on, des champs.

Pour cette femme qui attend un enfant, avoir un mari qui prend soin de beaucoup de choses, qui devine presque de quoi elle pourrait avoir besoin, est merveilleux. Elle se régale de son état, met au monde sans trop de difficulté en décembre 1946 une petite fille de sept livres. Nathalie.

Épouse et maman heureuse ! C'est comme si Claire avait pris congé de la vie professionnelle, un congé qui se passe dans d'excellentes conditions. Tous les matins, une femme de ménage. Une voiture. Un gymnase à proximité. La jeune femme a le temps de jouer avec son enfant, de la dorloter, de la faire rire. Elle a le temps de lire, d'écouter de la musique, d'aller au cinéma, de faire du sport et de dîner avec les collègues. Jamais elle n'a mené une vie aussi agréable. Tout va à merveille dans la cellule familiale.

Berlin est une ville en ruine — 60 % des habitations berlinoises ont été détruites durant la guerre — et Claire voit clairement l'horreur de cette destruction. Elle sait que la guerre contre Hitler était nécessaire, inévitable, qu'il fallait arrêter cet homme responsable des crimes commis à Auschwitz, à Buchenwald et dans tant d'autres camps de concentration. Mais quand elle lit que 49 000 personnes sont mortes durant les bombardements de Berlin, qu'au total environ 600 000 civils allemands, dont 80 000 enfants, sont morts sous les bombes alliées, qu'un sous-marin soviétique a, en janvier 1945, dans la mer Baltique, coulé le paquebot *Wilhelm Gustloff* avec à bord 9 000 réfugiés, surtout des femmes et des enfants, elle se demande comment on peut justifier une telle violence.

La guerre est finie et pourtant elle continue, même si maintenant on l'appelle «guerre froide». Le 20 juin 1948, après de vaines négociations avec l'URSS, les puissances occidentales, les États-Unis, la Grande-Bretagne, le Canada et la France, introduisent une nouvelle unité, le *mark* allemand, qui remplacera le *reichsmark*, totalement dévalué. Par cette réforme monétaire, ils espèrent garantir l'unité de Berlin et entreprendre la réorganisation politique et économique de l'Allemagne. L'URSS s'y oppose, imposant le blocus de Berlin, fermant les voies d'accès terrestres, ferroviaires et fluviales qui toutes passent par la zone soviétique au milieu de laquelle se trouve la vieille capitale. Comment deux millions d'habitants vont-ils survivre sans ravitaillement en denrées alimentaires et autres? Les Américains réagissent vite et bien. Le général Lucius D. Clay, gouverneur militaire de la ville, décide que celle-ci sera ravitaillée par avion. Des milliers d'avions atterrissent quotidiennement à l'aéroport de Tempelhof, livrant jusqu'à 13 000 mille tonnes de marchandises par jour, y compris du charbon pour parer au froid de l'hiver. Quand même, la population souffre du manque de chauffage et de nourriture. On coupe les arbres du Tiergarten pour chauffer les maisons, on crève de faim.

La femme de ménage est heureuse quand Claire l'autorise à rapporter des produits alimentaires chez elle. Elle parle de ses parents qui mangent des épluchures de pommes de terre cuites à la vapeur puis frites dans de l'huile de ricin trouvée chez leur pharmacien. Le prélat de l'église catholique profite d'un sermon dominical pour déclarer que voler du charbon n'est point un péché.

Le 12 mai 1949, les Soviets discontinuent le blocus, mais la guerre froide ne s'arrêtera pas pour autant. Berlin, point focal et symbole de cette guerre, restera divisée en deux. Soutenu par l'Occident et par la présence de ses forces alliées, Berlin-Ouest reconstruira lentement mais sûrement son économie et sa culture.

La tradition nord-américaine veut que l'on fasse du bénévolat. À Berlin, il y en a beaucoup à faire! Claire se débrouille pour joindre l'agréable à l'utile: deux fois par semaine, elle joue à la balle molle avec des femmes logées dans un camp de personnes déplacées. C'est là qu'elle fait la connaissance de Sarah, une orpheline juive lithuanienne qui veut bien gagner quelques *marks* en faisant du *baby-sitting*.

La famille Bergeron continue de vivre sa petite vie confortable au sein des troupes de l'Ouest stationnées à Berlin pour veiller à la sécurité de l'Occident. Trop confortable? Par une belle soirée d'automne, en revenant de son bureau en bicyclette — il adore cela —, Jean-Marc est frappé par une voiture conduite par un homme en état d'ébriété; il meurt trente-six heures plus tard, trente-six heures durant lesquelles Claire s'est montrée douce, efficace et forte. Ensuite, elle a fait les arrangements nécessaires, rempli les formulaires qu'on lui a présentés, averti la famille de Jean-Marc. Après la cérémonie au crématorium de Wilmersdorf, où Jean-Marc a été incinéré selon sa volonté, elle reçoit les collègues et amis du couple, ce couple qui n'existe plus.

Elle a perdu son compagnon, son grand ami, son mari. La petite Nathalie a perdu son père. Claire s'effondre. Terrassée par son chagrin, elle est incapable de songer à l'avenir. Elle a été heureuse à Berlin, sa fille y est née. La petite a fait ses premiers pas sur le gazon du jardin, où son père lui faisait admirer les arbres fruitiers que tout jardin allemand possède. Faut-il y rester, au moins quelque temps, ou bien rentrer au plus vite au Canada? se réfugier au sein de sa famille? Claire est incapable de prendre des décisions. Avant la guerre, avant Jean-Marc et Nathalie, elle avait réussi malgré les épreuves à se bâtir une existence confortable. Trouvera-t-elle la force de recommencer à zéro?

LUI

L'hôtel Ocean View
a le plaisir de vous inviter au
vernissage des aquarelles de
Louis Mathias Auger
peintre et enseignant à l'école de
la paroisse Saint-Joseph à Biddeford,
résident de Biddeford Pool.
Les œuvres de monsieur Auger seront exposées
du 1er juillet au 30 août 1949
dans la salle Les Dunes
de l'hôtel Ocean View
à Biddeford Pool

Une réception aura lieu
le 2 juillet 1949 à 5 h de l'après-midi.

Elle

Berlin, décembre 1949

Il a été facile pour Claire de retarder sa décision. Enfin, facile, ce n'est peut-être pas le mot car la fracture complexe d'une cheville nécessitant une opération de quatre heures n'est pas quelque chose que l'on peut prendre à la légère. Le temps d'une seconde, une plaque de glace sur le trottoir, des talons un peu trop hauts et, crac! L'enfant hurle, la mère ne peut se lever, les passants s'arrêtent, une ambulance arrive, Claire est transportée à l'hôpital militaire britannique; la petite Nathalie est amenée chez une amie.

Comment une femme, la jambe dans le plâtre des orteils à la cuisse, condamnée à ne pas mettre le pied par terre pendant trois mois, donc toujours sur des béquilles, pourrait-elle en 1949 entreprendre le voyage Berlin-Toronto avec un enfant de trois ans et se débrouiller sur ses béquilles durant les durs mois d'hiver canadiens? Mieux vaut rester dans cette ville où l'hiver ne dure que deux mois. Convalescence, rééducation physique, tout cela se fera à Berlin. «*Patience*, dit le spécialiste, *everything is fine, you are in good shape. Oh, you'll limp for one or two years...*» Patience. «D'accord, se dit Claire, patience. Et, à partir du mois de mars, exercices, exercices et exercices encore. Il n'y a rien d'autre à faire.»

Nathalie aussi doit être patiente. Sa mère a cette chose blanche autour de la jambe. Ce n'est pas normal. Il faut faire attention à elle, ne pas se jeter sur elle en riant et même quand on pleure, quand on se met en colère contre ce qu'ils appellent «le plâtre», elle ne l'enlève pas. Même si on a le droit de prendre les crayons de couleur et de gribouiller des choses sur «le plâtre», c'est dur à comprendre, une mère qui ne peut pas courir, qui a ces béquilles qu'on n'a pas le droit de prendre pour les cacher, sous le sofa par exemple.

Sarah s'est installée dans la maison. C'est elle qui court avec Nathalie, l'amène au parc, lui donne son bain. Maman est devenue une personne enfermée dans un plâtre et entourée de papiers. Elle peut encore lire des histoires à sa fille, mais enfin ce n'est plus la même chose. D'ailleurs, Nathalie ne veut qu'une histoire par jour: pas le matin, pas à midi, non, le soir, quand c'est trop tard pour jouer dans le jardin, quand elle est déjà un peu fatiguée, a envie de s'allonger, elle aussi.

Et où est donc le grand beau monsieur si gentil qui était son papa? Qu'est-ce qu'ils ont, les adultes, à se faire mal puis à se cacher?

Il est vrai que Claire s'entoure de livres. Des amies lui font cadeau de deux ouvrages d'un écrivain à la mode, Albert Camus. Ce sont les livres les plus sérieux qu'elle ait jamais lus. Elle comprend que Meursault, le protagoniste de *L'Étranger,* est un grand solitaire, mais elle ne saisit pas pourquoi il est devenu aussi indifférent vis-à-vis de tout ce qui lui arrive ni pourquoi il doit tuer un Arabe. Elle aime mieux *Le Mythe de Sisyphe.* Elle pense à son père travaillant la terre pour le profit des autres, jour après jour, à sa mère et à son travail de ménagère jamais vraiment terminé. Quand elle apprend que la mère de Camus ne savait pas lire, elle se rappelle les difficultés du paternel.

Quelqu'un lui prête *Bonheur d'occasion*, prix Femina 1947, qu'elle met du temps à lire ; Gabrielle Roy la déprime en lui montrant le quartier Saint-Henri, ses ouvriers et petits employés canadiens-français désespérément en quête de bonheur. Florentine qui croit en l'amour, Emmanuel qui s'en va faire la guerre et Rose-Anna qui ne pense qu'au bien-être de sa famille. Du coup, Claire répond à la dernière lettre de sa mère, lui dit de ne pas se faire trop de souci à son sujet, que sa jambe va mieux, qu'on vient de lui mettre un plâtre qui s'arrête au genou et qu'elle s'efforce d'être un peu moins morose, ne serait-ce que pour Nathalie.

Claire se procure également la documentation dont elle a besoin pour planifier sa vie future. Temporairement handicapée, elle s'est réveillée à la nécessité de prendre soin d'elle-même et de son enfant. Osera-t-elle investir une partie de l'assurance-vie de son mari dans l'entreprise qu'elle a toujours rêvé de créer ? Une agence de traduction, peut-être jumelée à un bureau d'écriture? Voit-elle les choses en trop grand? A-t-elle peur de se lancer dans les affaires après les années de bonheur familial? Veut-elle diriger son entreprise ou bien veut-elle créer une collectivité qui serait gérée par tous les participants et participantes? Jean-Marc et elle ont souvent parlé de cette possibilité.

Parmi les collègues, elle trouve un économiste qui lui fait comprendre qu'elle a peut-être des idées grandioses mais qu'il vaudrait mieux, du moins au début, se passer d'innovations politiques et reprendre le travail là où elle l'avait laissé il y a six ans.

— Recommencez avec votre bureau d'écriture. Allez de l'écriture à la traduction. Allez-y doucement. Je ne suis pas prophète, mais je suis certain que vous y arriverez.

Claire ne perd rien de son enthousiasme, mais décide de procéder plus raisonnablement. Elle écrit à monsieur Moore, lui demande des nouvelles de Quick-and-Precise. À sa surprise, son ancien patron répond très vite. Il a l'intention de fermer le deuxième bureau, qui lui donne trop de tracas et ne rapporte pas assez. Claire lui télégraphie, l'enjoint d'attendre son retour, qui se fera dans quelques mois.

Elle se fait du souci au sujet de sa fille. Comment peut-on être en même temps femme d'affaires et mère pour ainsi dire célibataire? Il faut quelqu'un, une gouvernante, une *nanny*, non, une associée. Sarah? Emmener Sarah à Toronto?

— Tu ne veux pas venir au Canada avec nous, Sarah?

Évidemment, Sarah est tout feu et tout flamme.

— *Frau* Bergeron! Vous êtes sûre?

Sûre? De quoi peut-on être vraiment sûr? Depuis l'accident qui a tué Jean-Marc, depuis son propre accident aussi, Claire a perdu la confiance sereine et tranquille que le mariage lui avait procurée. Aujourd'hui, elle est de nouveau consciente des impondérables de la vie.

— Ça doit être faisable et j'ai vraiment besoin de toi. Tu m'aideras avec Nathalie. Plus tard, dès qu'elle sera à l'école, je t'aiderai avec ce que tu choisiras. Je serai comme ta grande sœur. Toi, tu seras la grande sœur de Nathalie. Et commence donc tout de suite à m'appeler Claire. Oublie le *Frau* Bergeron.

Claire a toujours su négocier avec les bureaucrates. Ayant appris qu'en 1947 déjà le Canada avait décidé par un décret du Conseil privé, le PC 2180, de recevoir 5 000 personnes déplacées — en 1958, le chiffre total sera de 50 000 —, elle se lance à l'attaque du projet Sarah. Elle apprend qu'Arthur MacNamara, sous-ministre du Travail, est un des hauts fonctionnaires canadiens s'intéressant au sort des personnes déplacées. Elle lui écrit. Il répond en lui donnant des renseignements utiles. Sur son invitation, elle rencontre une équipe canadienne en train de recruter dans les camps de possibles immigrants — de préférence des hommes jeunes et forts ou alors des femmes qui accepteraient de travailler en tant que domestiques. Elle finit par convaincre les autorités, qui lui envoient les documents requis.

En juillet 1950, Nathalie, Claire et Sarah prennent un avion militaire pour Brème, puis un bateau pour Halifax. Sarah est convaincue que Claire a des pouvoirs extraordinaires. Comment a-t-elle fait pour

obtenir les papiers nécessaires et organiser ce voyage?
«Patience, dit Claire, et persévérance. Patience surtout.» Voyager avec Nathalie n'est pas un pur plaisir.
Malheureusement, les pouvoirs de la mère n'ont
aucun effet sur cette petite qui n'aime pas voyager.

L'avion. Un avion militaire dans lequel monte
une trentaine de personnes. L'enfant hurle. «Elle a
probablement mal aux oreilles, dit un jeune soldat
canadien qui, tout comme eux, est sur le chemin du
retour. Ça passera.»

Le bateau. Le premier jour, la première nuit,
l'enfant vomit quand elle n'est pas en train de pleurer.
Ou alors cela se fait simultanément. Enfin, Sarah lui
trouve un divertissement qui lui fera oublier ses maux.
Deux fois par jour, les apprentis cuisiniers jettent les
déchets de cuisine à la mer. Nathalie adore voir flotter
les épluchures de légumes ou le vieux pain. Le vol
des oiseaux qui tout à coup plongent vers ce qu'ils
ont repéré, les poissons qui viennent voir ce qu'il y
a à manger pour eux fascinent l'enfant. La vue d'une
baleine soufflant de la vapeur d'eau par ses évents lui
fait faire des pirouettes. Du coup, elle n'a plus mal au
cœur, ne pleure plus.

Vomissements et hurlements avaient provoqué le
retrait des autres enfants, qui auraient bien voulu
s'approcher de cette petite. Le calme rétabli, le sourire revenu, Nathalie se fait de nombreux amis parmi
les petits, joue avec eux à longueur de journée.

Reste le train à prendre mais, finalement, voici Toronto.
«Allons, se dit Claire, au travail, on y arrivera.»

⁂

Nathalie est née un 27 décembre et beaucoup d'enfants nés au moment des fêtes regrettent que leur anniversaire soit aussi proche de Noël. Pas Nathalie. Chez elle, il y a beaucoup de fêtes.

Il y a des fêtes tristes, comme le 6 août, jour où l'on se souvient de la bombe atomique sur Hiroshima. Mais même ce jour-là est intéressant : Nathalie aime bien se coucher sur le trottoir devant la maison pendant que sa mère trace sa silhouette qui représentera un des morts de la ville japonaise. Il y a aussi le 11 novembre, où l'on achète des coquelicots en papier pour se rappeler les morts de toutes les guerres.

Puis, il y a les fêtes joyeuses : celle de Nathalie, bien sûr, celle de sa mère, de Sarah, il y a la fête des Mères et celle des Pères, puis celles qui ont des noms autres que de personnes : Noël, Pâques, *Hanouka, Rosh Hashana, Yom Kippour, Pourim,* la Saint-Jean et le Nouvel An. Il y a au moins une fête par mois et parfois même deux car il faut ajouter à cette longue liste la fête des cheveux, quand Nathalie, Sarah et Claire vont au salon de coiffure, chez Jeanne, pour se faire couper les cheveux et manger de la pizza.

Nathalie aime les fêtes. À son école, on n'a pas le temps de les célébrer toutes mais, à la maison, on n'en saute pas une, toutes les occasions sont bonnes. L'école, c'est amusant aussi mais c'est plus sérieux, on y va pour apprendre, surtout pour apprendre à compter, puis pour apprendre le français et l'anglais.

Sarah aussi étudie le français et l'anglais à son école. Mais elle n'oublie pas sa propre langue, le lithuanien. Quand elle met Nathalie au lit, elle lui dit: «*Saldžių, sapnų, vaikeli*», ce qui veut dire quelque chose comme «Bonne nuit, ma chérie, fais de beaux rêves». Quant à sa mère, Nathalie pense que celle-ci n'a plus besoin d'apprendre des langues, elle en connaît déjà assez. Il paraît qu'il y a 6 703 langues parlées dans le monde; personne ne peut apprendre à les parler toutes.

Dans le bureau de Claire, Fast and Good Translations, les employés travaillent en six langues: le français, l'anglais, l'allemand, l'espagnol, le japonais et le chinois. Nathalie aime aller au bureau de sa mère; elle adore les beaux documents imprimés en chinois ou en japonais. Il y a un assistant au bureau, un vieux monsieur, monsieur Moore. Il est chauve. «Chauve», c'est un joli mot d'après Nathalie. D'abord on fait la bouche comme si on voulait dire un vilain mot en anglais, puis il faut arrondir les lèvres et finalement passer au *v,* sur lequel il faut rester longtemps: *vvvvv.*

Monsieur Moore n'est pas complètement chauve, il a encore des cheveux sur les côtés. Il les laisse pousser du côté gauche et, tous les matins, il les brosse *sideways* en direction de ceux de droite, qu'il garde courts. Il doit croire que personne ne voit qu'il est chauve et cela le console de sa calvitie. Tant mieux pour lui.

Monsieur Moore ne parle que l'anglais. Quand il voit Nathalie, il lui demande si elle a envie d'aller au petit magasin du coin, puis il lui achète des oursons en caoutchouc. *Gummibärchen…* Nathalie aime ce mot qui lui rappelle Berlin, le beau kiosque près du métro où une dame en tablier blanc vendait toutes sortes de bonnes choses même si celles-ci n'étaient pas bonnes pour les enfants selon Claire et Sarah.

✣

Juillet-août 1953

Il y de quoi se réjouir dans cette famille : Sarah vient de terminer ses études secondaires. Elle a appris à conduire et obtenu son permis. Un voyage s'impose, voyage par étapes. Ottawa et Hawkesbury d'abord, puis le Sud, le Maine, Biddeford Pool, où Claire jouera au tennis avec quelques-unes de ses amies du Toronto Ladies Athletic Club.

Nathalie ne craint plus les voyages, au contraire. Elle a pris l'habitude des promenades dominicales. Elle s'installe alors sur le siège arrière de la voiture, avec ses animaux en peluche et une poupée, puis s'endort au son des voix de Sarah et de sa mère. Cette fois-ci, ce sera plus long, mais il y aura des arrêts.

Elles passeront une soirée à Ottawa, chez les Saint-Pierre, qui n'ont jamais vu Nathalie ni Sarah, puis un week-end à Hawkesbury. Nathalie connaît déjà ses grands-parents, qui sont venus passer une semaine chez leur fille il y a deux ans, quand le Quick and Good Translations a aménagé dans de nouveaux locaux. Le père de Claire s'était alors chargé de surveiller les travaux de peinture et d'autres rénovations pendant que la grand-mère avait, en compagnie de Sarah et de Nathalie, visité Toronto.

✣

Chaque fois que la question «Ça y est? *Are we there yet?*» interrompt leur conversation, Sarah et Claire sourient à la petite aux cheveux ébouriffés. Elles expliquent qu'il faut encore un peu de patience, elles chantent une chanson, jouent au jeu de ce qu'on voit de ses yeux bruns, bleus ou verts, ou bien au jeu favori de Nathalie, celui de la traduction: une personne dit un mot: «Auto» par exemple, et l'autre dit: «*Car*». *Book* et livre. Page et *page. Word* et mot. *Ad infinitum* ou jusqu'à ce que Nathalie se rendorme... Alors, les deux femmes sourient; il n'y a pas mieux que les voyages pour constater que les liens d'affection sont solidement tissés.

La maison à Hawkesbury est toujours aussi petite, mais toute la famille, grand-père et grand-mère, les deux sœurs et leurs maris, s'assemblent autour des deux tables de pique-nique du jardin, une table pour les enfants, cinq au total, une pour les grands, avec Sarah qui, à la fin, se joint aux enfants.

Nathalie note que les grands-parents ne parlent que le français, s'en étonne, dit à sa grand-mère qu'elle va lui apprendre l'anglais.

— Quand tu reviendras me voir, lui dit la vieille femme.

Elle et Lui

Les membres des familles qui possèdent une maison d'été à Biddeford Pool et les rares touristes qui viennent y passer l'été sont des marcheurs, comme le sont les habitants permanents du village. Qu'il fasse soleil ou qu'il fasse gris, qu'il vente ou qu'il pleuve, au moins une fois par jour ils descendent à la plage, longue de plus de deux milles, pour faire leur marche quotidienne, en solitaire ou bien en groupe, cela dépend des moments et des circonstances.

Ce jour-là, le 8 août 1953, il fait beau vers quatre heures de l'après-midi. Deux femmes et une petite fille de six ans environ avancent nu-pieds sur la plage, en direction sud-ouest. La plus âgée des deux femmes semble boiter très légèrement, l'autre, encore toute jeune, a l'air d'une écolière. Elles viennent du village, où elles retourneront en sens inverse quand la petite sera fatiguée. Pour le moment, elle ne l'est pas du tout. Elle court dans les grandes flaques d'eau salée que la mer a laissées sur la plage en se retirant à la marée basse. Elle ramasse des coquillages, les donne à l'une ou à l'autre des deux femmes.

— Regarde, maman! Regarde, Sarah!

Elle crie, elle danse, elle est heureuse. Les deux femmes le sont. Heureuses du bonheur de regarder l'enfant exubérante, heureuses de marcher sur le sable blanc, dans l'eau tiède des vaguelettes qui en montant sur la plage les surprennent, puis se retirent aussitôt.

Un autre groupe approche. Un homme et une femme qui viennent de traverser les dunes. Ils habitent peut-être une maison non loin de là. L'homme a les cheveux grisonnants. Elle aussi est dans la cinquantaine. Nu-pieds, eux aussi. Un chien gambade autour d'eux. Ils n'ont pas besoin de se préoccuper de lui, il est content de faire cette promenade de fin de journée avec eux.

Les groupes se croiseront. Ils ne se connaissent pas, donc il n'y aura pas d'échange de salutations ou de *small talk*. Juste de brefs regards polis, peut-être un bonsoir murmuré presque sans le vouloir. Il va falloir que chaque groupe s'écarte un peu pour laisser passer l'autre. C'est une routine dont tous les marcheurs de plage ont l'habitude.

Ce jour-là, le 8 août 1953, sur la grande plage de Biddeford Pool, cela s'est fait aussi, tout naturellement. Au moment de la rencontre, la mère a instinctivement saisi la main de sa fille, bien que celle-ci était toute proche d'elle. Un geste protecteur inutile qui a étonné l'enfant; elle s'est libérée tout de suite pour courir encore dans les grandes flaques d'eau, s'éclaboussant à cœur joie.

L'homme a alors tourné les yeux vers la mère de l'enfant. On peut même dire que leurs regards se sont croisés, une fraction de seconde. Puis il s'est retourné vers sa femme qui lui a souri.

Plus tard, l'homme aux cheveux gris et la femme qui boitait si légèrement penseront parfois à cette rencontre. Ils se demanderont alors s'ils ont vraiment reconnu cette personne sur la plage. Mais, chaque fois, ils reprendront leurs occupations du moment. Ils ne sont pas malheureux, après tout; ils sont même heureux la plupart du temps, dans leur vie individuelle. Autant qu'il est possible de l'être dans un monde si souvent troublé.

Postface

En juillet 2005, je suis allée au pénitencier de Kingston. Pour voir. Pour savoir. Pour saisir l'exiguïté d'une cellule, le poids des chaînes, des menottes et des entraves. L'emploi du temps d'un détenu. Son travail. Son désespoir. Sa rage. Sa lassitude.

Le même été, j'ai lu le roman de Hans Fallada, *Wer einmal aus dem Blechnapf frisst* (1934). Vraiment, je ne réussirai jamais à me couper de mes racines allemandes! Le roman conte la malheureuse histoire d'un commis voyageur incarcéré pendant quinze mois pour vol et qui ne réussira pas à réintégrer la société. L'écrivain décrit dans ce livre les difficultés qu'éprouvent les détenus à la sortie de prison et après. Il soutient et explique à juste titre que ces gens-là auraient besoin d'un bon réseau d'appui qui faciliterait leur réintégration dans la société. J'ai pris l'idée du bureau d'écriture chez Fallada.

Un deuxième livre m'a été très utile: *Shackling the transgressor: An indictment of the Canadian penal system* par Oswald C.J. Withrow (Nelson, Toronto,

1933), un médecin d'origine écossaise incarcéré au pénitencier de Kingston pour avoir facilité des avortements. Un précurseur donc de notre docteur Morgentaler. Withrow, dont j'ai fait le détenu bibliothécaire D749 dans mon livre, donne dans le sien une description détaillée de la procédure suivie lorsqu'un prisonnier est battu. Il qualifie celui-ci de «victime» et note qu'on lui bande les yeux afin qu'il ne voie pas l'homme qui le châtie. De plus, écrit Withrow, il est plus difficile de supporter les choses dans le noir.

M.A.

TABLE DES MATIÈRES

Achevé d'imprimer
en octobre deux mille six sur les presses
de l'imprimerie Gauvin, Gatineau (Québec).